かもめ

チェーホフ
沼野充義 訳

集英社文庫

目次

本書は二〇〇八年七月号の「すばる」に掲載されたものです。

かもめ

四幕の喜劇

登場人物

〔　〕内は訳者による注。年齢は第一～第三幕の時点のもので、台詞から判断したが、メドヴェジェンコ、シャムラーエフ、ポリーナの年齢ははっきり示されていない。

コンスタンチン・ガヴリーロヴィチ・トレープレフ
アルカージナの息子、若い男性。〔愛称コースチャ、二十五歳〕

ボリス・アレクセーエヴィチ・トリゴーリン
小説家。〔三十代後半〕

ニーナ・ミハイロヴナ・ザレーチナヤ
裕福な地主の若い娘。〔十八、九歳〕

マーシャ
シャムラーエフの娘。〔二十二歳〕

エヴゲーニー・セルゲーエヴィチ・ドルン
医師。〔五十五歳〕

イリヤ・アファナーシエヴィチ・シャムラーエフ
退職中尉、ソーリン家の管理人。〔五十歳過ぎか〕
ポリーナ・アンドレーエヴナ
シャムラーエフの妻。〔四十歳過ぎか〕
セミョン・セミョーノヴィチ・メドヴェジェンコ
教師。〔三十歳過ぎか〕
ピョートル・ニコラエヴィチ・ソーリン
アルカージナの兄。〔六十歳〕
ヤーコフ
使用人。
メイド
料理人
イリーナ・ニコラエヴナ・アルカージナ
夫の苗字によればトレープレヴァ。女優。
〔アルカージナは女優としての芸名、四十三歳〕

舞台はソーリンの屋敷。第三幕と第四幕のあいだに二年経過。

第一幕

ソーリンの領地にある庭園の一部。広い並木道が観客席の側から庭園の奥の湖のほうに伸びているが、家庭演劇のための急ごしらえの仮設舞台にふさがれていて、湖はまったく見えない。仮設舞台の左右には丈の低い木の茂み。椅子が数脚、テーブルが一つ。

日が沈んだばかり。仮設舞台では下りた幕の後ろに、ヤーコフと何人かの使用人がいて、咳ばらいや何かを叩くような音が聞こえてくる。散歩から帰ってきたマーシャとメドヴェジェンコが左から登場。

メドヴェジエンコ　どうしていつも黒い服を？

マーシャ　人生の喪服なの。不幸だから。

メドヴェジエンコ　どうして？（考え込んで）わからないなあ……。きみは健康で、お父さんは大金持ちじゃないとしても、暮らしに困るわけでもない。ぼくのほうが、ずっとたいへんだ。月給はたったの二十三ルーブリ（注1）で、そのうえ年金の分がさっぴかれる。でもぼくは喪服なんか着ないな。（二人は腰をおろす。）

マーシャ　お金の問題じゃないの。貧乏だって幸せにはなれるわ。

メドヴェジェンコ　理論的にはね。でも現実は違う。たとえば、うちはおふくろと妹が二人に、まだ小さい弟が一人。それなのに月給は二十三ルーブリぽっきり。飲んだり食べたりしないわけにはいかないでしょ？　お茶と砂糖だって要るし。タバコだって。きりきり舞いだよ。

マーシャ　（仮設舞台のほうを振り向いて）もうすぐお芝居が始まる。

メドヴェジェンコ　そう。演ずるのはニーナさん、脚本を書いたのはコンスタンチン君。愛し合う二人の心が今日、溶け合って、一つの芸術を作り出そうとしている。ところが、ぼくの心ときみの心にはまるで接点がない。好きでたまらなくて、切なくて家にじっとしていられなくて、毎日六キロも歩いてやってきて、また六キロ歩いて帰る。ところがそのご褒美は、きみのそっけない顔だけ。まあ、しょうがないかな。財産もないし、大家族だし……。食べるにも困るような男と、好きこのんで結婚する人なんか、いませんよね。
マーシャ　ばかばかしい。（嗅《か》ぎタバコを嗅ぐ。）お気持ちは本当に嬉しいけれど、ごめんなさい――なの。それだけのこと。（彼にタバコ入れを差し出す。）いかが？
メドヴェジエンコ　いや、けっこう。

間。

マーシャ　むし暑いわ。夜中に一雨来そうね。あなたはいつも理屈をこねるか、お金の話をするかのどちらか。貧乏よりひどい不幸はないってお考えのようですけど、あたしに言わせれば、ボロを着て乞食でもしたほうが千倍も気楽よ……。でも、まあ、わかんないでしょうね。

右からソーリンとトレープレフ登場。

ソーリン　（ステッキにもたれて）田舎暮らしはどうも苦手でね、馴染《なじ》むこともまずないだろうよ。昨晩は十時に寝て、今朝起きたのが九時。あんまり長く寝たせいで、脳ミソが頭蓋骨にはりついたようだった。（笑う。）ところが昼メシを食べたら、つい、また寝てしまってね、もうくたくただよ、これじゃまるで悪夢だ、結局のところ……。

トレープレフ　やっぱり伯父さんは都会に住まなくちゃ。（マーシャとメドヴェジェンコを見て）お二人さん、始まったら呼びますから。いまはちょっと困るので、はずしてもらえますか。

ソーリン　（マーシャに）マーシャさん、ちょっとお願いがあるんですがね、犬を鎖から放すように、お父さんに言ってくださらんかな。そうじゃないと吠えてね。妹はまた一晩中寝られなかったんだ。

マーシャ　父となら、ご自分で話をしてください。ごめんなさい。（メドヴェジェンコに）行きましょう！

メドヴェジェンコ　（トレープレフに）それじゃ、始まるとき知らせてください。

二人は立ち去る。

ソーリン　つまり、またしても一晩中犬に吠えられるってわけか。こりゃたいへんだ。田舎じゃ思うように暮らせたためしがない。昔はよく二十八日間の休みをとって、のんびり骨休みでもしようと、ここに来たもんだ、というわけ。ところがばかばかしいことばかりに悩まされ、初日からもう逃げ出したくなった。（笑う。）で、いつも喜んで立ち去ってやったものさ……。でもいまじゃ退職した身の上で、どこにも行く場所がない、結局のところ。いやがおうでも、暮らさなきゃならない……。

ヤーコフ　（トレープレフに）若旦那、ちょっとひと浴びしてきます。

トレープレフ　いいけど、十分後には持ち場についてくださいよ。（時計を見る。）もうすぐ開始だから。

ヤーコフ　承知しました。（退場。）

トレープレフ　（仮設舞台に目をやって）とんだ劇場もあったもんだ。幕があって、袖があって、もう一つ袖があって、その先はからっぽな空間。舞台装置なんてなにもない。いきなり湖と地平線の眺めが開ける。幕が開くのは八時半きっかり、月が昇るとき。

ソーリン　最高だね。

トレープレフ　でもニーナが遅刻したら、その効果も台無しですよ。もう来てもいいころなんだけどな。父親と継母《ままはは》が目を光らせていて、家を抜け出すのは監獄から脱走するくらい難しい。（伯父のネクタイを真っすぐに直して）頭もヒゲも、もじゃもじゃですよ。刈ったほうがいいな。

ソーリン　（あごヒゲをしごきながら）わが人生の悲劇だよ。若いころから、まるで大酒をくらったような風体《ふうてい》をしていた、というわけ。だから女性にもてたことが一度もない。（腰をおろしながら）どうして妹のやつ、機嫌が悪いんだろう？

トレープレフ　どうしてって？　退屈してるんですよ。（隣に腰をおろして）嫉妬してるんです。ぼくにも、今晩の芝居の上演にも、台本にも反感を持っているんだ。あの小説家の先生がニーナのことを好きになりやしないか、と心配してね。ぼくの戯曲を読んだこともないくせに、もう目のかたきにしている。

ソーリン　（笑う。）そりゃ考えすぎだよ、まったく……。

トレープレフ　こんなちっぽけな舞台でも、喝采《かっさい》をあびるのがニーナであって、自分じゃないって考えただけで、母は癪《しゃく》にさわるんですよ。（時計に目をやって）心理学上の珍種だな、おふくろは。才能があることは議論の余地がないし、頭もいいし、本を読んで感激のあまり泣くこともできるし、ネクラーソフの詩をどれでもすらすら暗唱できるし、病人の看護をやらせたら天使みたいだし。でも、あの人のいるところで、大女優のドゥーゼ（注2）を褒めたりしたら、たいへんだ。褒められるのは自分だけじゃなくちゃいけない。いつも劇評で取り上げられ、喝采され、『椿姫』や『人生の毒ガス』の名演技を絶賛されなくちゃいけない。ところがこんな田舎じゃその麻薬がないもんだから、退屈してふくれっ面《つら》になり、「お前たちはみんなわたしの敵だわ」とか、「全部あんたたちのせいよ」ってことになる。それにおふくろは迷信深くて、三本ロウソクや数字の十三をこわがる。そのうえケチ。オデッサの銀行に七万ルーブリも貯めこんでいる。いや、それは確かですよ。そのくせ金を貸してほしいって頼まれると、泣き出すんだ。

ソーリン　きみは自分の戯曲が母さんの気に入らないものと勝手に思い込んで、それでかりかりしてるんだな。心配することはない、母さんはきみのことが大好きなんだよ。

トレープレフ　（花びらをむしりながら）愛してる——愛してない、愛してる——愛してない、愛してる——愛してない。（笑う。）やっぱり、おふくろはぼくを愛していない。そりゃそうさ！　あの人は生きて、愛して、派手なブラウスを着たい。ところがその息子はもう二十五歳。いやでも自分が若くないってことを思い知らされる。ぼくがいなけりゃ、三十二歳なのに、ぼくがいると四十三歳になっちゃう。それで息子がいまいましいんだ。それからおふくろは、ぼくが今の演劇を認めないってことを知っている。あの人は演劇を愛していて、自分が人類と神聖な芸術に奉仕していると思いこんでいる。ぼくに言わせりゃ、いまどきの演劇なんて紋切り型と偏見のかたまりさ。幕が開くと、夕暮れみたいな照明を浴びて、三方を壁に囲まれた部屋で、神聖な芸術に仕える偉大な才能の持ち主が、演じてみせてくれる——食べたり、飲んだり、愛したり、背広を着て歩いたり。陳腐な場面や台詞《せりふ》から、教訓を引き出そうとする——それも、家庭生活のお役に立つ、サルにもわかるちっぽけな教訓だ。千回も手を替え品を替えて見せられたところで、結局はいつも、いつも、いつも同じもの。だからぼくも逃げて、逃げて、逃げまくる。モーパッサンだって、あの俗悪なエッフェル塔に脳ミソを押しつぶされそうになって、逃げ出したじゃないですか。

ソーリン　演劇がなくても困るよ。

トレープレフ　必要なのは新しい形式です。新しい形式は必要ですよ。もしもそれがないのなら、なにも必要ないくらいだ。(時計を見る。)ぼくはおふくろが好きですよ、大好きだ。でもあの人はね、タバコは吸うし、酒は飲むし、あの小説家の先生とおおっぴらに同棲していて、新聞に名前が出ない日がないくらいだ。もううんざりですよ。ぼくにも人並みのエゴイズムがあって、自分の母親が有名な女優だってことがむしろ残念に思えることがある。母親が普通の女性だったら、ぼくももっと幸せだったろう、なんて思ってね。ねえ、伯父さん、こんなにばかげたひどい状況がありますか？　つまり、おふくろの客間に俳優とか、作家とか、大物のセレブばっかり勢ぞろい。その中でぼく一人がザコなのに、そこにまぜてもらえるのは、単にあのおふくろの息子だから。ぼくは誰だ？　何者だろう？　大学を三年で中退。その理由は、発禁になった雑誌の編集部だったら、「当方にはいかんともしがたい事情により」って言うところかな。才能も金もまったくない。身分証明書によれば、キエフの町人。なにしろぼくの父親は有名な俳優だったとはいえ、キエフの町人でしたからね。そんなわけで、おふくろの客間に勢ぞろいした大物の俳優や作家たちが、ぼくに好意のまなざしを向けると、「この連中、そんなふうにじろじろ人を見て、どうせぼくがどんなにくだらない人間か、品定めしているんだろう」と思ってしまうんです。あの人たちの考えることなんて、お見通しですからね、それでみじめな気分にさせられた。

ソーリン　それはそうと、あの小説家の先生はいったい何者なんだい？　えたいの知れない人物だね、まるで口をきかないし。

トレープレフ　頭のいい男ですよ。気さくで、ちょっと、なんていうかな、ものうげなところもあって。いたってまともな人です。四十歳にはまだだいぶあるのに、すっかり有名人になって、満足しきって、もうお腹いっぱい、といったところかな……。いまじゃ飲むのはビールだけで、付き合うのは熟女だけ。彼の書くものについては……なんて言えばいいかな？　魅力も才能もある……でも……トルストイやゾラの後に、トリゴーリンを読む気にはなれませんよ。

ソーリン　でもやっぱり、文学者はいいねえ。その昔、わたしも情熱を燃やすことが二つあった。一つは結婚すること、もう一つは文学者になること。どっちもうまくいかなかったけれど。そう。ちっぽけな作家にだって、なれたら楽しいだろうな、結局のところ。

トレープレフ　（耳をすます。）足音が聞こえる……。（伯父を抱きしめる。）彼女なしじゃ生きられない……。足音さえもすばらしい……。なんて幸せなんだろう、頭がぼうっとするくらいだ。（入ってくるニーナ・ザレーチナヤを急ぎ足で迎えにいく。）魔法つかい、ぼくの夢……。

ニーナ　（興奮して）遅れなかった……わたし、もちろん、遅れなかったわね……。

トレープレフ　（彼女の手にキスをして）もちろん、だいじょうぶ、もちろんだよ。

ニーナ　一日中心配で心配で、それはもう、はらはらしちゃった！　父が家から出してくれないんじゃないかと思って……。でもさっき父はやっと、継母《はは》と出かけてくれた。赤い空にもう月が昇り始めている——で、馬をすごい勢いで走らせて、走らせて。（笑う。）でも嬉しいわ。（ソーリンの手をぎゅっと握る。）

ソーリン　（笑う。）おめめが赤いのは、泣いたせいかな……。そりゃ、いけない！

ニーナ　ううん、なんでもないの……。ほら、こんなに息が切れているでしょ。三十分したら帰らなきゃならないから、急がないと。だめ、だめ、どうか引き止めないでくださいね。わたしがここに来たこと、父には内緒なんです。

トレープレフ　実際、もう始める時間だ。みんなを呼びに行かないと。

ソーリン　それじゃわたしが行ってこよう、というわけ。いますぐに。（右手に進みながら歌う。）「フランス目指す二人の擲弾兵《てきだんへい》……」(注3)（振り返る。）いつかもこんなふうに歌い出したら、ある検事補が「閣下のお声は、ずいぶん力強くて……」と言うんだな。それからちょっと考えて、やっこさん、付け加えたね。「でも……耳障りで」（笑って、退場。）

ニーナ　父も、父の奥さんも、ここに来ちゃいけないって言うの。ここはボヘミアンの溜まり場だって……。わたしが女優にでもなりはしないかって、心配しているのね……。でもわたし、湖に惹《ひ》かれてここに来るの、カモメみたいに……。わたしの胸はあなたでいっぱい。（あたりを見回す。）

トレープレフ　ぼくたちだけだよ。

ニーナ　あそこに誰かいるみたい……。

トレープレフ　誰もいないさ。

キスをする。

ニーナ　あれはなんていう木？

トレープレフ　ニレ。

ニーナ　どうしてあんなに黒いの？

トレープレフ　もう夜だから、なんでも黒く見えるんだよ。そんなにすぐに帰らないで、お願いだから。

ニーナ　だめなの。

トレープレフ　ニーナ、じゃあ、ぼくがきみのうちに行くのは？　一晩中庭に立って、きみの窓を見ているよ。
ニーナ　だめ、門番に見つかるわよ。それにうちの犬が吠えるでしょう、あなたにまだなついていないから。
トレープレフ　きみが好きだ。
ニーナ　しーっ……。
トレープレフ　（足音を聞いて）誰だ？　ヤーコフかい？
ヤーコフ　（仮設舞台の背後で）そうでございます。
トレープレフ　持ち場についてくれ。時間だ。月は出ているかな？
ヤーコフ　そうでございます。
トレープレフ　アルコールはあるね？　硫黄は？　赤い目玉が見えたら、硫黄の匂いをさせるように。（ニーナに）さあ、出番だよ、舞台は準備万端整っているから。緊張している？……
ニーナ　ええ、とっても。あなたのママのことならへっちゃら。こわくないわ。でもトリゴーリンさんがいるでしょ……。あの人の前で演技をするのは、こわいし、恥ずかしい……。有名な作家でしょう……まだ若い人?
トレープレフ　うん。
ニーナ　あの人の小説はなんてすばらしいんでしょう!
トレープレフ　(冷淡に) どうかな、読んだことないから。
ニーナ　あなたの戯曲は演技が難しいわ。生きた人物がいないんだもの。
トレープレフ　生きた人物だって! 人生はありのままに描いてもいけないし、あるべき姿を描いてもいけない。夢の中に現れる姿を描かなければいけないんだ。
ニーナ　あなたの戯曲ではほとんど何も起こらなくて、朗読だけでしょ。戯曲にも必ず恋がなくちゃいけないと思うんだけど……。

二人は仮設舞台の後ろに消える。
ポリーナ・アンドレーエヴナとドルン登場。

ポリーナ　じめじめしてきましたね。引き返して、防寒靴を履かないと。

ドルン　暑いですよ。

ポリーナ　不養生ですね。頑固ですこと。お医者さんだから、自分でもよくおわかりでしょ、湿った空気が体に悪いってことくらい。でもわたしを苦しめたいのね。きのうも、一晩中、テラスに出ていたでしょう……。

ドルン　（口ずさむ。）「言わないで、青春を無駄にしたとは」

ポリーナ　アルカージナさんと話すのに夢中になって……寒さにも気がつかなかったということね。白状なさい、あの人のことが好きなんでしょ……。

ドルン　わたしは五十五歳ですよ。

ポリーナ　そんなこと——男の人の場合は、まだ歳とは言えませんよ。まだとっても若々しくて、女の人に持てるでしょう。

ドルン　それで何が言いたいんです？

ポリーナ　男の人って、女優さんを崇《あが》めたてまつるものだってこと。みんなそう！

ドルン　（口ずさむ。）「私はふたたびあなたの前に立ち……」もしも社会の人々が俳優を愛して、そうね、たとえば商人に対してと違う態度をとっているのだとしたら、それは当然のことですよ。それは物事のあるべき姿というもんだ。

ポリーナ　女たちはいつもあなたに惚れて、まとわりついてきた。これも物事のあるべき姿？

ドルン　（肩をすくめて）まあね。確かに、女性との付き合いでは、いいこともたくさんあった。でもだいたいのところ、すばらしい腕の医者として愛されたんですよ。なにしろ、十年か、十五年前、この県全体でただ一人のまともな産科医だった。それにいつだって、正直者でしたからね。

ポリーナ　（彼の手を取る。）ねえ、ドルンさん！

ドルン　しっ。人が来る。

アルカージナがソーリンと腕を組んで登場。トリゴーリン、シャムラーエフ、メドヴェジェンコ、マーシャも。

シャムラーエフ　一八七三年にポルタワの定期市で、あの女優が見せた演技は驚くべきものでした。感嘆あるのみ！　すばらしい演技だった！　ところで喜劇役者のパーヴェル・チャージンはいまどこにいるか、ご存じでいらっしゃいませんかな？　『クレチンスキーの結婚』（注4）の主役をやらせたら天下一品、サドフスキーよりも上でした。いや、本当の話ですよ。いま彼はどちらでしょうか？

アルカージナ　いつでも大昔の俳優のことばっかり尋ねられますけどね、知っているわけないでしょう！　（腰をおろす。）

シャムラーエフ　（ため息をついて）おおチャージン！　いまはもう、ああいう俳優はいませんな。舞台も地に落ちたもんですよ！　以前は堂々たるカシの木が何本もそびえ立っていたのに、いまじゃ見えるのは切り株ばかり。

ドルン　確かにね、いまでは輝かしい才能は少なくなった。でも俳優の平均水準ははるかに高くなりましたよ。

シャムラーエフ　いえ、同意いたしかねます。もっとも、これは趣味の問題ですな。ラテン語のことわざにもいわく、「趣味については良く言うか、何も言わぬか」。

トレープレフが仮設舞台の後ろから登場。

アルカージナ　（息子に）わたしの大事な息子さん、いつ始まるの？
トレープレフ　いますぐに。ちょっとだけご辛抱を。
アルカージナ　（『ハムレット』の台詞で）「息子よ！　お前は私の目を心の中に向けさせた。そしてそこに見えた心は、血まみれの、死をもたらす潰瘍《かいよう》に冒されていた。救いはない！」
トレープレフ　（『ハムレット』の台詞で）「母よ、いったいどうして悪徳に身をゆだね、底なしの犯罪の淵に愛を求めたのです？」（注5）

仮設舞台の後ろで、角笛《つのぶえ》が響く。

トレープレフ　皆さん、始まります！　お静かに！

間。

トレープレフ　始めます。（細い棒でこつこつ叩きながら、大きな声で話す。）おお、夜中にこの湖の上を舞い飛ぶ尊き古き影たちよ、私たちを眠らせ、二十万年後に来るべきものを夢に見させてくれ！
ソーリン　二十万年後にゃ、何もないさ。
トレープレフ　だからその何もないところを、影たちに描かせるんです。
アルカージナ　描かせなさい。わたしたちは寝てるから。
　幕が開く。湖の眺めが開ける。月が地平線の上に昇り、水面に映っている。
　大きな岩にニーナ・ザレーチナヤが座っている。全身白い衣裳。
ニーナ　人間、ライオン、ワシ、ライチョウ、角のはえたシカ、ガチョウ、蜘蛛《くも》、水の中に棲《す》む物言わぬ魚、ヒトデ、そして目では見ることのできなかったものたち、すなわち、すべての、すべての、すべての命が、悲しい輪廻《りんね》を終えて、消え去った……。地球に一つの生き物もいなくなってから、もう数十万年が過ぎ、この哀れな月は空しく明かりを点《とも》す。草原ではもはや、鶴たちが寝覚めの鳴き声をあげることもなく、ボダイジュの林にコガネムシの羽音が聞こえることもない。寒い、寒い、寒い。空《むな》しい、空しい、空しい。恐い、恐い、恐い。

間。

ニーナ　生き物の体は消えうせて塵《ちり》となり、永遠の物質がそれを石や、水や、雲に変えた。一方、すべての生き物の魂は溶け合って一つになった。その世界普遍霊魂こそ、このわたし……わたしなのだ……。アレクサンドル大王の魂も、シーザーの魂も、シェイクスピアの魂も、ナポレオンの魂も、最低の寄生虫の魂も、すべてわたしの中にある。わたしの中で人々の意識は動物たちの本能と溶け合い、わたしは覚えている――すべてを、すべてを、すべてを。そして自分自身の中の命の一つ一つを、わたしは改めて生きるのだ。

鬼火が現れる。

アルカージナ　（小声で）なんだかデカダン調ね。
トレープレフ　（懇願に非難の調子をこめて）ママ！
ニーナ　わたしは孤独だ。百年に一度、言葉を発するためにわたしは口を開き、その声はこの虚空にわびしく響くが、誰も聞く者はない……。そして青白い鬼火たち、お前たちにもわたしの声は聞こえない……。夜明け前、腐った沼がお前たちを生み出し、お前たちは朝日が昇るときまでさまようのだが、お前たちには考えも、意思も、命の震えもないのだ。お前たちの中に命が生まれないようにと、永遠の物質の父である悪魔が、石や水の中と同じように、お前たちの中でも原子の入れ替えを絶え間なく行っている。だからお前たちは常に変化し続けている。宇宙のなかで恒久不変なのは精神だけだ。

間。

ニーナ　空っぽで深い井戸の底に投げ込まれた捕虜のように、わたしは自分がどこにいるかも、自分を何が待っているのかも、知らない。わかっているのはただ、物質的な力の原理である悪魔との不屈の苛酷《かこく》な戦いにおいて、自分が勝利する定めになっていることだ。そしてその後、物質と精神はすばらしい調和のうちに溶け合い、世界意志の王国が到来するだろう。しかし、それは少しずつ、長い、長い、何万年、何十万年もの歳月が過ぎ、月も、明るいシリウスも、地球も塵と化した後のこと……。それまでは恐怖につぐ恐怖だけ……。

間。

湖を背景にして、二つの赤い点が現れる。

ニーナ　いまわたしの手ごわい敵、悪魔が近づいてくる。やつの恐ろしい赤い目が見える……。
アルカージナ　硫黄の匂いがする。こんなこと必要なの？
トレープレフ　必要だよ。
アルカージナ　（笑う。）そうね、効果ってわけ。
トレープレフ　ママ！
ニーナ　悪魔は人間がいないので退屈している……。
ポリーナ　（ドルンに）帽子を脱いでしまって。かぶらないと、風邪を引きますよ。
アルカージナ　ドクターは悪魔に敬意を表して帽子を脱いだのよ。なにしろこの悪魔は、永遠なる物質の父だっていうんだから。

トレープレフ　（かっとなって、大声で）芝居はもう終わり！　もうたくさんだ！　幕！

アルカージナ　何をそんなに怒っているの？

トレープレフ　もうたくさんだ！　幕！　幕を下ろせ！（足を踏み鳴らして）幕！

幕が下りる。

トレープレフ　失礼しました！　戯曲を書いたり、舞台で演技をするのは、少数の選ばれた人だけに許されているってことを、失念していました。独占権を侵害してしまった！　ぼくには……ぼくは……（さらに何かを言おうとするが、手を振って左手に退場。）

アルカージナ　どうしたんだろう？

ソーリン　なあ、イリーナ、そんなふうに若者の自尊心を扱っちゃ、いかんよ。

アルカージナ　わたしがあの子に何を言いました？

ソーリン　傷つけたじゃないか。
アルカージナ　あの子は、お遊びの寸劇だからねって、自分で言っていたのよ。だからわたしもお遊びとして扱っただけじゃない。
ソーリン　でもねえ……。
アルカージナ　ところが蓋《ふた》を開けてみたら、大傑作を書いたってわけ！　これは驚いた！　つまり、このお芝居を上演して、硫黄で人の息を詰まらせたのも、じつはお遊びじゃなくて、本物の演劇のお手本を見せるためだった……。芝居の書き方、演じ方をわたしたちに教えてくださろうってわけですか。もう、いいかげん、うんざり。突っかかってきたり、嫌味を言ったり、まあ勝手にすりゃいいんだけれど、いつもこんなふうじゃ、誰だって嫌になりますよ！　気まぐれで、うぬぼれの強い子なんだから。
ソーリン　きっとお前を喜ばせようと思ったんだよ。
アルカージナ　へえ？　ところがあの子は、普通の戯曲を選ばずに、あんなデカダン趣味のたわごとを無理やり聞かせようとした。お遊びのためだったらたわごとでも喜んで聞きますよ、でもこれこそは新しい形式だとか、芸術の新しい世紀だとか主張してるわけでしょ。でもね、わたしに言わせれば、あんなものに新しい形式もへったくれもありゃしない。単に性格が悪いだけですよ。

トリゴーリン　誰でも好きなように、書けるように書くだけさ。

アルカージナ　あの子も好きなように、書けるように書けばいいんですよ、でもわたしのことは放っておいてほしいわね。

ドルン　怒るな、天の神ジュピターよ……。

アルカージナ　わたしはジュピターじゃありません、わたしは女ですよ。（タバコを吸う。）怒ってなんかいません。ただ若い男がこんな退屈なヒマつぶしをしているのがいまいましくて。あの子を傷つけるつもりなんてなかったのに。

メドヴェジェンコ　精神と物質を分ける根拠なんて、誰にもありません。なぜなら、精神そのものがおそらく物質的な原子の集合体だからです。（活気づいて、トリゴーリンに）そうだ、戯曲に書いて、上演するのなら、ぼくのような教師の暮らしはいかがです？　それは辛い暮らしです！

アルカージナ　それもごもっとも。でも芝居の話も、原子の話ももうやめましょう。こんなにすばらしい夕べですもの！　ほら、聞こえるでしょ、皆さん、歌声が？(耳をすます。) すてきじゃない！

ポリーナ　向こう岸からですね。

間。

アルカージナ　(トリゴーリンに) 隣に座って。十年か、十五年前、この湖では音楽と歌がひっきりなしに、ほとんど毎晩聞こえたものよ。湖沿いに地主の屋敷が六軒あって。覚えているわ、笑い声、ざわめき、猟銃の音、それからいつもいつもロマンスがあって……。そのころ、六つのお屋敷のどこへ行っても人気者、若き花形だったのが、ほら、ご紹介します (ドルンのほうをあごで指す)、こちらのドクター・ドルン。いまでも先生はすてきですけど、あのころはどんな女性でもころり、でしたね。それはそうと、なんだか気がとがめてきた。なんのためにあの子を傷つけたんだろう、かわいそうに。心配だわ。(大声で) コースチャ！

コースチャ！

マーシャ　あたし、捜しにいきます。

アルカージナ　それじゃ、お願いね。

マーシャ　（左手に行って）ヤッホー！　コンスタンチンさーん！　ヤッホー！

（退場。）

ニーナ　（仮設舞台の後ろから出てきて）どうやら、続きはもうないみたいだから、出てきてもいいかしら。今晩は！　（アルカージナと、それからポリーナにキスをする。）

ソーリン　ブラボー、ブラボー！

アルカージナ　ブラボー、ブラボー！　うっとり見とれていましたよ。そのお顔とあの声でしょ、田舎にくすぶっていてはだめ。才能があるに決まってます。いいですか、あなたは舞台に立つべき人よ。

ニーナ　それってわたしの夢なんです！　（ため息をついて）でも絶対に実現しないわ。

アルカージナ　さあ、どうかしら。ご紹介しましょうね。こちら、ボリス・トリゴーリンさん。

ニーナ　わあ、嬉しい……。（赤くなって）いつも読ませていただいています……。

アルカージナ　（ニーナを隣に座らせて）そんなに照れなくていいのよ。彼は有名人だけど、とっても気さくな人なの！　ほら、彼のほうが照れているくらい。

ドルン　さてと、もう幕を上げてもいいだろう。このままじゃ、なんだか気味が悪い。

シャムラーエフ　（大声で）ヤーコフ、幕を上げてくれるかな！

幕が上がる。

ニーナ　（トリゴーリンに）変なお芝居だったでしょう？

トリゴーリン　さっぱりわかりませんでした。でも見ていて楽しかったですよ。あなたの演技には心がこもっていた。舞台装置もすばらしかったし。

間。

トリゴーリン　この湖には、きっと魚がたくさんいるでしょうね。

ニーナ　ええ。

トリゴーリン　釣りはいいなあ。夕方、岸辺に腰をおろして、浮きを見つめている以上の楽しみは、ありませんね。

ニーナ　でも、創作の楽しさをいったん味わった人にとって、それ以外の楽しみなんて、存在しないんじゃないでしょうか。

アルカージナ　（笑いながら）そんなこと言ってはだめよ。この人、お世辞を言われると、穴に入っちゃうんだから。

シャムラーエフ　そういえば、モスクワのオペラ劇場で、イタリアから来たあの有名なシルヴァが一番低いドの音を出したことがありましたな。そのとき、折悪《おりあ》しくと言うべきか、教会の聖歌隊で歌っているバスの男が見に来ていて、いやあ、驚いたのなんのって、桟敷席から「ブラボー、シルヴァ！」とまるまる一オクターブも低い声を響かせたんですよ……。ほら、こんな具合に（低音で）「ブラボー、シルヴァ……」劇場中がそのまま凍りつきましたな。

間。

ドルン　おや、本当にしーんとなった。天使が通る、というやつだ。
ニーナ　もう帰らなくちゃ。さようなら。
アルカージナ　どこに？　こんなに早く？　帰しませんよ。
ニーナ　パパが待っているんです。
アルカージナ　なんていうパパでしょう、本当に……（キスを交わす。）まあ、しょうがないわね。でもあなたを帰すのは残念よ、ほんとに。
ニーナ　帰らなきゃならないのは、わたしもとてもつらいんですけれど。
アルカージナ　誰かに送らせないとね、このかわいいお嬢さんを。
ニーナ　（あわてふためいて）そ、そんな。いいんです。
ソーリン　（彼女に、懇願するように）行かないで！

ニーナ　だめなんです、ソーリンさん。

ソーリン　せめてあと一時間だけでも、というわけ。どうだね、本当に……。

ニーナ　（ちょっと考えてから、泣きそうな声で）だめなんです！　（握手して、足早に立ち去る。）

アルカージナ　気の毒な娘さんですよ。なんでも、亡くなった母親には莫大な財産があったのに、遺言のせいで、全部、それこそ最後の一コペイカまで、父親のものになって、いまじゃ、あの子は一文無し。というのも、今度は父親が全財産を後妻に遺すと決めてしまったから。ひどい話じゃない。

ドルン　確かに、あの子のお父ちゃまはとんでもないろくでなしですね。そいつはきちんと認めてさしあげなくちゃ。

ソーリン　（冷えきった手をこすりながら）さ、皆さん、行きましょうか、われわれも。じめじめしてきたからね。足が痛むな。

アルカージナ　お兄さんの足は木みたいですものね、歩くのもやっと。じゃ、行きましょう、あわれなご老体。（彼の腕を取る。）

シャムラーエフ　（妻に腕を貸して）マダーム？
ソーリン　またしても犬が吠えているな。（シャムラーエフに）シャムラーエフ君、犬を鎖から放すように言ってもらえんかねえ。
シャムラーエフ　だめです、納屋に泥棒が入るおそれがありますからな。キビが置いてあるんで。（並んで歩いているメドヴェジェンコに）そう、まるまる一オクターブも低い声で、「ブラボー、シルヴァ！」なにしろ、プロの歌手じゃなくて、ただの聖歌隊員ですからね。
メドヴェジェンコ　聖歌隊員の給料はどれくらいでしょう？

ドルン以外は皆退場。

ドルン　（一人で）ひょっとしたらおれは何もわかっていないのか、それとも頭がおかしくなったのか。ともかくあの芝居は気に入った。あれには何かがある。あの娘《こ》が孤独だと言って、それから悪魔の赤い目玉が見えたとき、興奮のあまり手が震えたよ。新鮮で、純粋で……。おや、戻って来たみたいだ。喜ぶようなことをうんと言ってやろう。

トレープレフ　（登場。）もう誰もいない。

ドルン　わたしがいるよ。

トレープレフ　おれを庭中捜しまわって、あのマーシャのやつ。まったくうんざりさせられる。

ドルン　トレープレフ君、きみの戯曲はひじょうに気に入りましたよ。確かになんだか奇妙な作品だし、結末を見られなかったけれども、強烈な印象を受けました。きみは才能のある人だ、続けなくちゃいけません。

トレープレフは彼の手を握り締め、いきなり抱きつく。

ドルン　いやはや、感じやすいんだねえ。涙まで浮かべて……。何を言いたいのかといえば——きみは主題を抽象的な思想の領域から取ってきた。当然のことです。なぜなら、芸術作品は必ず、何らかの大きな思想を表現しなければならないから。真剣なものだけが美しい。ずいぶん青い顔だねえ！

トレープレフ　つまり、続けろ、と言うんですね?
ドルン　そのとおり……でも、重要で永遠なものだけを描くんだ。知ってのとおり、わたしは目さきを変えて人生を楽しみながら、上機嫌に生きてきた。満足している。でも、芸術家が創作のときに味わう精神の高揚を経験するようなことがあったら、自分を包む物質的なうわっつらや何やらをすべて軽蔑《けいべつ》し、地上から高みに舞い上がっただろうね……。
トレープレフ　お話し中すみませんが、ニーナさんはどこです?
ドルン　いや、まだこういうこともある。作品には明白で、確固とした思想がなくちゃいかん。何のために書くのか、自覚しなければいけない。そうでないと、つまり確固たる目的もなしにこういう美しい道を進んでいくと、きみは道に迷って、自分の才能のせいで自滅するだろう。
トレープレフ　(我慢しきれなくなり)ニーナはどこ?
ドルン　家に帰ったよ。
トレープレフ　(絶望して)どうしたらいいんだ?　彼女に会いたい……。どうしても会わなくちゃ……。会いに行こう……。

マーシャ登場。

マーシャ　コンスタンチンさん、家に帰って。お母さまが待っています。心配しているわ。
トレープレフ　でもやっぱり会いに行こう。どうしても行かなくちゃ。
ドルン　（トレープレフに）落ち着きなさい、きみ。
トレープレフ　ぼくは出かけた、と言ってください。みんな、お願いだから、放っておいてくれないか！　放っておいて！　後をつけまわさないでくれ！
ドルン　いや、いや、いや、きみ……。いかんな……そういう言い方はよくない。
トレープレフ　（涙声で）さようなら、ドクター。いろいろどうも……。（退場。）
ドルン　（ため息をついて）青春しちゃってるなあ！
マーシャ　ほかに言うことがなくなると、すぐ、青春、青春て言うんだから……
（嗅ぎタバコを嗅ぐ。）

ドルン　（彼女からタバコ入れを取りあげ、灌木の茂みの中に投げ込む。）むかつく！

　　間。

ドルン　家ではトランプをやっているみたいだ。行かなくては。

マーシャ　待ってください。

ドルン　なんだね？

マーシャ　もう一度聞いていただきたいことがあるんです。ちょっとお話をしたいことがあって……（興奮して）あたしは父が嫌いなんです……でも、先生には心を開けるような気がして。なぜか、自分に近い人のように感じられるんです、心の底から。助けてください。助けて。じゃないと、ばかなことをして、自分で自分を笑いぐさにして、人生をめちゃめちゃにしてしまいそう……。これ以上耐えられない……。

ドルン　どういうこと？　助けろって言っても何を？

マーシャ　苦しいんです。誰もあたしの苦しみを知らない、誰も！　（彼の胸に頭を載せ、小声で）コンスタンチンさんのことを愛しているんです。

ドルン　みんななんて感じやすいんだろう！　そろいもそろって！　恋愛だらけじゃないか……。魔法の湖だ！　（優しく）でも何をしてあげられるかな、お嬢ちゃん？　いったい、何を？

――幕――

第二幕

クロッケーの芝生のコート。奥の右手に大きなテラスのある家。左に見える湖では、太陽が反射して輝いている。あちこちに花壇。真昼。暑い。クロッケーのコートの脇に立つボダイジュのかげでは、ベンチにアルカージナと、ドルン、マーシャが座っている。ドルンの膝の上には開いた本。

アルカージナ　（マーシャに）ちょっと立ってみましょう。（二人は立ち上がる。）さあ、並んで。あなたは二十二歳、わたしはほとんどその二倍。ドルンさん、どちらが若く見える？
ドルン　あなたです、もちろん。
アルカージナ　ほらね……。どうしてだと思う？　わたしは働いて、感じて、ずっとせわしなく動き回っている。ところがあなたは、いつも同じところにいて、まるで生きていないみたい……。それにわたしは、未来を覗《のぞ》きこまないって決めているの。歳のことも、死ぬことも考えない。どうせ来るべきものは避けられないんだから。

マーシャ　なんだか、大昔に生まれたような感じがして。人生を、まるでドレスの果てしなく長い裾みたいに引きずって……。まるっきり生きる気がしないこともしょっちゅうだし。（腰をおろす。）でも、くだらないことですね。元気を出して、ばかな考えは振り捨てなければ。

ドルン　（小声で口ずさむ。）「あの人に語っておくれ、わたしの花たちよ……（注6）」

アルカージナ　それに、わたしはきちんとしているの、まるでイギリス紳士みたいに。わたしはね、いい、ぐうたらするヒマを自分に与えないのよ。服装も髪も、いつでもちゃんとしている《コム・イル・フォ》。家から外に出るとき、ちょっと庭に行くだけだって、普段着のままとか、髪をセットしないままなんてこと、あったかしら？　一度もないでしょ。わたしがいつまでも若さを保っているのは、世の中の誰かさんとは違って、絶対に自分を甘やかさず、だらしない女にならなかったからですよ……。（両手を腰に当てて、コートを歩き回る。）ほら、まるで小鳥ちゃんでしょ。十五歳の女の子の役だってできるわ。
ドルン　それじゃ、やっぱり続きを読みましょうか。（本を手に取る。）粉屋とネズミのところだったかな……。
アルカージナ　ネズミのところ。読んで。（腰をおろす。）やっぱり、貸して、私が読むわ。（本を取り、目で探す。）ネズミのところ……。あ、ここだ……。（読む。）「もちろん、社交界の人々にとって、小説家を甘やかし、仲間に引き入れるのは、粉屋がネズミを倉庫に飼っておくのと同じくらい、危険なことである。ところが実際には、小説家は皆にちやほやされている。そんなわけで、もしも女性がある作家に目をつけ、とりこにしたいと思うと、お世辞や愛想《あいそ》や追従《ついしょう》をこれでもか、これでもか、と浴びせるのだ……」そうね、フランスではそうかもしれないけれど、ここでは全然違う。ロシア人には計画性なんてものがないもの。ロシアの女はたいてい、作家をとりこにする前に、自分のほうが恋に目がくらんでしまう。まったくもう。身近なところでは、わたしとトリゴーリンだって……。

ソーリンが杖をついてやって来る。その隣にはニーナ。メドヴェジェンコがその後から、誰も乗っていない車椅子を押してくる。

ソーリン　（子供に対するような、優しい口調で）そうなの？　いいことがあったの？　今日は楽しいな、ってわけ？　（妹にここはニーナの口調をまねて）今日はいいことがあったの！　お父さんもお継母《かあ》さんもトヴェーリに行っちゃったから、これから三日間も羽根がのばせるのよ！

ニーナ　（アルカージナの隣に腰をおろし、彼女を抱きしめる。）うれしい！　わたし、もう皆さんのものよ。

ソーリン　（自分の車椅子に腰をおろす。）今日は特にかわいこちゃんだねえ。

アルカージナ　おめかしをして、きれいになって。さすがね。（ニーナにキスをする。）でも褒めすぎちゃいけない、かえって災いを招くって言うでしょ。トリゴーリンはどこ？

ニーナ　水浴び場で釣りをしています。

アルカージナ　よくもまあ、飽きもしないで！（先を読み続けようとする。）

ニーナ　それ、何ですか？

アルカージナ　モーパッサンの『水の上』。（何行か黙読する。）ふん、この先はもう、つまんない嘘っぱち。（本を閉じる。）心が落ち着かないわ。うちの息子の様子はどうかしら？　どうしてあの子はふさぎこんで、陰気な顔をしているの？　毎日ずっと湖に行っているから、ほとんど顔を見ることもないじゃないの。

マーシャ　へこんでいるんですよ。（ニーナに、おずおずと）お願い、あの人の戯曲から、何か朗読してくださらない？

ニーナ　（肩をすくめて）まさか？　あんなにつまんないものを！

マーシャ　（感激を抑えながら）あの人が自分で朗読するとき、目は燃えあがり、顔は青ざめていく。なんてすばらしい、悲しそうな声でしょう。身のこなしなんて、まるで詩人のよう。

ソーリンのいびきが聞こえる。

ドルン　眠れ、よい子よ！
アルカージナ　兄さん！
ソーリン　ん？
アルカージナ　寝ているの？
ソーリン　ぜんぜん。

間。

アルカージナ　お兄さんは病気を治療しないでしょ、よくないわ。
ソーリン　治療したいのはやまやまだが、このドクターがしてくれないのだよ。
ドルン　六十歳で治療ですか！
ソーリン　六十歳になっても生きたい気持ちに変わりはないさ。
ドルン　（腹立たしそうに）なあるほど！　それならカノコソウの水薬でも飲むといいでしょう。
アルカージナ　温泉にでも行ったらいいと思うんだけれど。

ドルン　まあねえ。行ってもいいし、行かなくてもいいし。
アルカージナ　それじゃ、わからない。
ドルン　わかるも、わからないもありません。わかりきったことですよ。

間。

メドヴェジェンコ　ソーリンさんはタバコをやめるべきですよ。
ソーリン　くだらん。
ドルン　いや、くだりますよ。酒とタバコは人間から個性を奪います。葉巻一本、ウォッカ一杯やった後のあなたはもはやソーリンさんじゃなくて、ソーリン・プラス・誰かさんだ。自我がぼやけて、自分が第三者であるような気がしてくる。
ソーリン　（笑う。）あんたは理屈をこねていればいい。なにしろさんざん楽しい思いをしてきた人だから。でもこのわたしは？　司法省で二十八年勤めあげたが、本当に生きたこともなく、何も味わったこともない、結局のところ。だから、わかりきったことじゃないか、いまこそすごく生きたいんだよ。あんたは満ち足りていてクールだから、哲学に惹かれるんだろうが、わたしは生きたいんだ。だから食事のときにはシェリー酒も飲むし、葉巻も吸う、というわけ。そういうわけ。

ドルン　人生には真面目に向き合わなければいけません。六十にもなってから、治療が必要だとか、若いころもっと楽しめばよかったと嘆くのは、失礼ですが、浅はかというものですよ。

マーシャ　（立ち上がる。）そろそろ食事の時間だ、きっと。（元気がなく、だらけた歩き方をする。）足がしびれちゃった……。（退場。）

ドルン　あんなふうに、昼食前からウォッカを二杯ひっかけようっていうんだからな。

ソーリン　かわいそうな娘《こ》じゃないか、女の幸せに恵まれなくて。

ドルン　つまらないことをおっしゃる、司法省の元高官ともあろう方が。

ソーリン　あんたのおっしゃることは、満足しきった人間のへ理屈だよ。

アルカージナ　あーあ、何が退屈といって、こういう愛すべき田舎ほど退屈なものはないわね！　暑くて、静かで、誰も何もせず、哲学談義ばかり……。そりゃ、皆さんといっしょだと気持ちいいし、お話を聞くのは楽しいけれど……ホテルの部屋にこもって台詞を覚えていたほうが、ずっといいわ！

ニーナ（感激して）すてき！　そのお気持ち、わかります！

ソーリン　もちろん、町のほうがいいさ。自分の書斎にこもっていれば、召使の取次ぎなしには誰も入って来られない。電話もあるし……通りには辻馬車が走っている。というわけ……。

ドルン（口ずさむ。）「あの人に語っておくれ、わたしの花たちよ……」

シャムラーエフ登場。その後に続いてポリーナ・アンドレーエヴナ。

シャムラーエフ　こちらでしたか、うちの皆さんは。こんにちは！（まずアルカージナの手に、次にニーナの手にキスをする。）お元気な皆さんの姿を見られるのはとても喜ばしいことです。（アルカージナに）家内の話では、今日彼女《あれ》を連れて、町に出かけるおつもりだとか。本当でしょうか。

アルカージナ　ええ、出かけるつもりよ。

シャムラーエフ　うーむ……。それはすばらしいことではありますが、いったい何に乗ってお出かけになるんでしょう。今日こちらじゃライ麦を運んでおりまして、男手は出払っているんです。そもそも、どの馬を使うおつもりです？

アルカージナ　どの馬？　わたしが知ってるわけないでしょう、どの馬かなんて！

ソーリン　うちには馬車用の馬があっただろう。

シャムラーエフ　（興奮して）馬車用の？　じゃあ、馬につける首輪はどこから持ってくるんです？　首輪はいったいどこから？　これは驚いた！　理解しかねます！　失礼ながら、奥様、わたしは奥様の才能を崇めておりますし、奥様のためなら自分の命を十年分差し出したって惜しくはありませんがね、馬だけは出せません！

アルカージナ　でも、もしもわたしが出かけなければならないとしたら？　おかしな話ね！

シャムラーエフ　奥様は領地の経営というものをご存じない！

アルカージナ　（かっとなって）そんな話、聞き飽きた！　それならわたしは今日モスクワに帰ります。村で馬を借りてくるよう手配しなさい。そうでなかったら、駅まで歩いていくから！

シャムラーエフ　（かっとなって）それならわたしは辞めさせていただきます！　他の管理人を探したらいいんだ。（退場。）

アルカージナ　毎年、夏になるといつもこんなふうに侮辱されるんだから！　こんなところにはもう、二度と足を踏み入れるもんですか。

左手に退場。

その先には水浴び場があるという想定。

一分後には彼女が家に戻っていくのが見える。

その後を、釣竿と魚籠《びく》を持ったトリゴーリンがついていく。

ソーリン　（かっとなって）無礼な！　いったいぜんたい、どういうことだ！　もううんざりだ、結局のところ。ありったけの馬を全部、ここに出せ。いますぐに！

ニーナ　（ポリーナ・アンドレーエヴナに）アルカージナさんの頼みを拒否するなんて！　あんなに有名な女優でしょう。そういう人が望むことだったら、どんな気紛れでも、領地の経営より大事じゃないかしら。ありえない！

ポリーナ　（絶望の表情で）わたしに何ができるっていうの？　わたしの立場にもなってちょうだい。何ができます？

ソーリン　（ニーナに）妹のところに行こう……。どうか行かないでくださいと、みんなでお願いしよう。ね、そうでしょう？　（シャムラーエフが退場した方を見ながら）耐えがたい男だな！　暴君だよ！

ニーナ　（立ち上がろうとするソーリンを抑えるように）座っていてください、どうか座っていて……。わたしたちが押していきますから。

彼女とメドヴェジェンコが車椅子を押す。

ニーナ　ひどい話だわ！

ソーリン　うん、確かにひどい……。でもあの男は辞めたりしないよ。いま話をつけてこよう。

退場。ドルンとポリーナだけが残る。

ドルン　つまらない人たちですね。本当はあなたのご主人を、あっさりクビにすべきところなのにね。結局は、あの年寄りバアサンみたいなソーリンと妹が二人がかりで、ご主人に詫びをいれるのが落ちですよ。見ていらっしゃい！

ポリーナ　主人は外出用の馬まで畑仕事に出してしまったんです。毎日、こんな行き違いばかり。そのたびに、わたしがどんなにつらい思いをしていることか！病気になりそう。ほら、こんなに震えているでしょ……。あの人のがさつさには耐えられないわ。（懇願するように）ねえ、エヴゲニー、わたしの大事な人、わたしを奥さんにして……。わたしたちの時は過ぎていく。もう二人とも若くないわ。せめて人生の最後には、隠れたり、嘘をついたりせずにいたいの……。

間。

ドルン　わたしは五十五歳ですよ。人生を変えるには遅すぎる。

ポリーナ　そう言って逃げをうつのは、わたしの他に親しい女性が何人もいるからでしょ。みんな奥さんにするわけにもいきませんからね、わかっています。ごめんなさい、うんざりさせちゃって。

　　　ニーナが家の前に出てくる。花を摘む。

ドルン　いえ、いいんです。

ポリーナ　嫉妬で苦しいの。もちろん、あなたはお医者さんだから、女性を避けるわけにはいかない。わかっているんだけれど……。

ドルン　（近寄ってきたニーナに）家の中はどんな様子？

ニーナ　アルカージナさんは泣いているし、ソーリンさんは喘息《ぜんそく》の発作を起こしちゃうし。

ドルン　（立ち上がる。）二人にカノコソウの水薬でも飲ませに行くかな……。

ニーナ　（彼に花を差し出す。）どうぞ！

ドルン　メルシー・ビヤン。（家に向かう。）
ポリーナ　（ドルンの後について行く。）なんてかわいらしいお花でしょう！　（家の前で、押し殺した声で）そのお花、ちょうだい！　わたしにちょうだい！　（花束を受け取ると、ひきちぎって投げ捨てる。）

二人とも家に入る。

ニーナ　（一人で）見ていると本当に不思議ね。有名な女優さんが泣くなんて、しかもこんな些細《ささい》な理由で！　もう一つ不思議なことがある。有名作家で、どの新聞を開いてもあれこれ書きたてられ、肖像画も売られていて、外国語にも翻訳されているような売れっ子が、一日中魚釣りをして、コイが二匹釣れただけで喜んでいるってこと。有名人て、そばにも近寄れないくらい偉ぶっているから、きっと大衆を軽蔑しているんだろう、きっと、家柄や財産を何よりもありがたがる大衆に対して、自分の輝かしい名声で復讐《ふくしゅう》しているんだろう、と思っていたのに。ところが、泣いたり、魚を釣ったり、トランプをしたり、笑ったり、怒ったり。

　みんなと同じじゃない……。

トレープレフ　（登場。帽子はかぶっておらず、猟銃と死んだカモメ(注7)を持っている。）

　一人きりなの？

ニーナ　ええ。

トレープレフは彼女の足元にカモメを置く。

ニーナ　どういうこと？

トレープレフ　今日ぼくは、卑劣にもこのカモメを殺した。きみの足元に置くよ。

ニーナ　どうしたんです？（カモメを拾い上げて、見つめる。）

トレープレフ　（間を置いて）もうすぐぼくもこんなふうに、自分を殺すんだ。

ニーナ　まるで人が変わったみたいね。

トレープレフ　そう、きみが別人みたいになってからね。きみは態度をがらりと変えた。ぼくを見る目は冷たいし、ぼくがいると気づまりみたいだし。

ニーナ　このところなんだか怒りっぽいのね。いつもシンボルみたいな表現を使って、わけのわからないことを言って。このカモメだって、シンボルのつもりかもしれませんけれど、ごめんなさい、わたしにはわからない……。（カモメをベンチの上に置く。）わたし、頭が悪いから、あなたのことがわからない。

トレープレフ　そもそもの始まりは、ぼくの芝居がばかばかしい大失敗に終わったあの晩からだ。女性は失敗を許しませんからね。ぼくは全部燃やしてしまった、切れっぱしも残さずに。ぼくがどんなに不幸か、わかってもらえたらなあ！　きみが冷たくなったのは恐ろしく、信じがたいことだ。まるで目が覚めたら、ほら、この湖がいつの間にか干上がっていたとか、水が地面の中に吸い込まれていた、といった感じだ。きみは頭が悪いからぼくのことがわからない、と言ったよね。わかるも、わからないも、ないじゃないか。戯曲が気に入らなかった。きみはぼくのインスピレーションを馬鹿にして、ぼくのことを、どこにでもいるような、取るに足らない凡人と思っている……。（足を踏み鳴らして）そんなこと、わかっているさ、よくわかっている！　まるで頭に釘が打ち込まれたみたいだ。そんなもの、くそくらえ！　蛇みたいにおれの血を吸って、吸いまくる自尊心も、くそくらえ……。（手帖を読みながらやってきたトリゴーリンの姿を見て）ほら、本物の才能のおでましだ。ハムレットのような足取りで、やっぱり本を持って。（からかうような口調で）「言葉、言葉、言葉……」。あの太陽がまだ近づいてこないうちから、きみはもう微笑《ほほえ》んでいる。目つきまで彼の光を浴びて、とろけてしまった。お邪魔はしませんよ。（足早に立ち去る。）

トリゴーリン　（手帖に書きとめながら）嗅ぎタバコを嗅ぎ、ウォッカを飲む……。いつも黒い服を着ている。彼女に教師が惚れているが……。

ニーナ　こんにちは、トリゴーリン先生！

トリゴーリン　こんにちは。思いがけない成り行きで、どうやら、わたしたちは今日出発するみたいですよ。あなたとはもう、二度とお会いすることはないでしょう。残念ですね。わたしは若い娘さんに会う機会があまりないんです、若くてきれいな娘さんにはね。十八歳や十九歳のころ、どんな感じがするか、もう忘れてしまったし、うまく想像もできないんです。だからわたしの小説に出てくる若い娘さんたちは、たいてい嘘くさい。ほんの一時間でいいから、あなたと入れ替わって、あなたの考え方とか、そもそもあなたがどんな人間なのか、知りたいものですね。
ニーナ　わたしこそ、先生と入れ替わってみたい。
トリゴーリン　何のために？
ニーナ　才能のある有名な作家がどんな気分か、知りたいんです。有名であるって、どんな感じ？　ご自分が有名であることを、どのように感じていますか？
トリゴーリン　どのように？　別に、何にも。そんなこと、一度も考えたことがないな。（ちょっと考えて）二つのうちの、どちらかでしょうね。わたしの名声とやらをあなたが大げさに考えているのか、それとも名声なんて感じられるものではないのか。
ニーナ　新聞でご自分についての記事を読んだときは？
トリゴーリン　褒められたら嬉しいし、けなされたらその後二日間は気分が悪い。
ニーナ　すばらしい世界ね！　わたしが先生のこと、どんなに羨《うらや》ましく思っているか、わかっていただけたら！　人間の運命って、人さまざまですよね。わびしく、ぱっとしない人生をやっとのことで送る人たちもいて、そういう人たちは皆似たりよったりで、皆不幸せ。でも、そうじゃない人たちもいる。たとえば先生もそうでしょう、だって百万人に一人の選ばれた人ですもの、そういう人は面白く、輝かしく、意義のある人生を送る定めなんです……。先生は幸せな人ね……。

トリゴーリン　わたしが？　（肩をすくめて）ふーむ……。あなたは有名とか、幸せとか、輝かしく面白い生活とか、言うけれどね、わたしにとってそういうきれいな言葉は、自分じゃぜったいに食べないフルーツゼリーみたいなものなんだな。あなたはとってもなくて、とってもいい人ですよ。

ニーナ　先生の生き方ってすばらしい！

トリゴーリン　いいことなんてあるものですか。（時計を見る。）もう執筆に戻らないと。ごめんなさいね、時間がないので……。（笑う。）あなたには、確かに痛いところを突かれました。それでわたしも興奮して、ちょっといらいらしている。やっぱり、話を続けましょう。話題は、わたしのすばらしく、輝かしい生き方について……。さあてと、何から始めましょうか？　（ちょっと考えて）強迫観念というものがあってね、昼も夜も、たとえば月なら月のことしか、考えられなくなる人がいます。わたしにもそういう月がある。昼も夜も自分につきまとって離れない考えは、書かなくちゃ、書かなくちゃ、なくちゃ、なくちゃっていうこと。小説を一つ書きあげたら、なぜだかもう一つ書かなければいけない、それから三つ目も、三つ目の後は四つ目も……。まったくの自転車操業で、絶え間なく書いていて、それ以外の生き方はできないんです。どうです、そんな生活のどこが、すばらしくて輝かしいんでしょう？　むちゃくちゃな生活ですよ！　いまわたしはあなたと二人になって、気分が高ぶっている。ところが実際には、書きかけの小説に戻らなきゃいけない、ということを一瞬も忘れられないんです。ほら、あそこにグランドピアノみたいな雲が見えるでしょう。すると、短編のどこかで、グランドピアノのような雲が浮かんでいたと言わなければ、と思っちゃうんですね。ヘリオトロープの匂いがする。すると、ささっと記憶に書き留める――甘ったるい匂い、未亡人の色、夏の夕べの描写の際に使うこと。自分やあなたがどんな表現、どんな言葉を使っても、その表現や言葉を全部捕まえて、急いで自分の文学倉庫にしまいこむ。いつか使えるかもしれないから！　仕事を終えると、いそいそと劇場に足を運んだり、釣りに行ったりします。そこで仕事を忘れて一息つけそうなものなのに、そうは問屋がおろさない。頭の中ではもう重い鉄の球がぐるぐる回っている――つまり新しい題材です。そうなるともう机に戻らざるをえなくなり、またしても急いで書いて、書いて、書きまくる。いつもそんなふうなんです、いつもね。自分自身から逃れられないんです。だから、なんだか自分で自分の命を食いつぶしているような感じがしますね。つまりどこかの誰かにあげる蜜のために、自分の最高の花から花粉を集めつくし、肝心の花をむしりとったり、根っこまで踏みつけたりしている、という感じなんです。これじゃ狂人も同然でしょう？　はたして友人や知り合いは、わたしのことを健康な人間として扱っているんでしょうか？「何をご執筆ですか？」とか「次はどんなものを読ませてくれるんです？」――尋ねられるのは、いつも同じことばかり。でもね、知り合いがこんなふうに注目したり、褒めたり、感嘆したり、というのは、全部嘘じゃないかって気がするんですよ。つまり、病人のわたしをみんな、だまそうとしているんじゃないかって。それで、ときどき心配になる。いまにも誰かが後ろから忍び寄り、わたしをひっつかまえて、精神病院に連れていっちゃうんじゃないだろうか、ポプリシチン（注8）みたいに。昔はね、つまりわたしがまだ駆け出しだった若き日々、人生最良の時代にも、ものを書くことは徹頭徹尾、苦痛以外の何ものでもなかった。ちっぽけな作家というものは、とくにうまく行かないとき、自分がぶざまで不器用な余計者のような気がするものです。神経がぴりぴり、いらいらして、文学や芸術に関わっている人たちの周りをひたすらぶらついているのに認めてもらえず、誰の目にもとまらない。お金がないくせに賭け事に熱中している男みたいに、人の目をまともに覗きこむこともこわくてできない。わたしは読者に会ったことはありませんが、想像すると、なぜか悪意を持った陰険な人間のように思えた。読者や観客がこわくて、びくびくしていた。新作の芝居を上演するときは、いつだって、あの黒い髪の連中は敵意を持っているとか、この金髪の人たちは冷たく無関心だとか、そんな感じがした。ああ、ぞっとする！　なんともいえぬ苦痛でしたね！

ニーナ　でもインスピレーションが湧いたり、創作の筆が進んでいるときは、気高く幸福な瞬間じゃないんでしょうか？

トリゴーリン　そう、書いているときは楽しいですよ。校正刷りを読むのも楽しいな。でも……出版されるとすぐに、嫌になってしまう。なんだか見当はずれの間違ったものだ、こんなことなら全然書かないほうがよかった、と思って、腹が立ち、最低の気分になる……。（笑いながら）ところが読者はそれを読んで、「確かに面白くて、才能がある」とか、「面白いが、トルストイにははるかに及ばない」とか、「すばらしい。でも、ツルゲーネフの『父と子』のほうがいいね」なんて言うんですよ。そんなふうに、棺桶に入るまで、ずっと「面白くて、才能がある」「面白くて、才能がある」だけで、それ以上は何も言われない。そして、死んでしまったら、知り合いは墓の前を通るとき、こんなことを言うでしょうね。「ここにトリゴーリン眠る。いい作家だったな。でもツルゲーネフほどじゃなかった」

ニーナ　お言葉ですけれど、そんなお話、聞きたくありません。先生は人気が出すぎたせいで、わがままになっているんです。

トリゴーリン　人気が出すぎた？　わたしは自分を好きだと思ったことは一度もない。作家としての自分が嫌いなんです。最悪なのは、頭がなんだか朦朧《もうろう》としていて、自分でも何を書いているのか、よくわからないということですよ……。ほら、この水も、木も、空も好きでたまらない。自然を心で感じ、情熱をかきたてられる。何が何でも書きたくなる。でも風景描写だけで満足しているわけにはいかない。わたしは市民でもあり、祖国と民衆を愛している。心で感ずるんですよ、もしもわたしが作家であるならば、民衆とその苦しみについて、その未来について語る義務がある、と。科学についても、人権についても、さらにいろんなことについても。だからわたしは大慌てで、なんでもかんでも語ろうとする。でもみんなに四方八方から追いたてられ、怒られるので、まるで犬に追い詰められたキツネみたいに、ぴょんぴょん飛び回っているうちに、人生も科学もみるみるうちに前進していって、わたしはどんどん取り残されていく、汽車に乗り遅れた田舎者みたいにね。で結局のところ、自分が書けるのは風景だけだ、他の何を書いても自分はインチキだ、骨の髄までインチキだって感じがしてくるんですよ。

ニーナ　仕事のしすぎ。だから自分の価値をきちんと理解するヒマも、意欲もないんでしょ。先生が自分に満足していなくたって、他の人にとって先生は偉大ですばらしい！　わたしが先生みたいな作家だったら、きっと自分の命を全部、大衆のために投げ出します。でも、わかっているんです――大衆が幸せになるためには、大衆が作家の高みにまで向上するしかないってことも。みんなはきっと、わたしを勝利の戦車に乗せて凱旋《がいせん》させてくれるでしょう。

トリゴーリン　勝利の戦車ねえ……。するとわたしはギリシャの総大将アガメムノンってわけか？

ふたりはほほえむ。

ニーナ　作家とか女優になる幸せのためだったら、わたし、家族や友だちに憎まれたって、貧乏だって、幻滅だって、我慢する。屋根裏部屋に住んで、食べるものはパンしかなくて、自分に満足できなくて、自分が欠点だらけだと自覚して苦しんだってかまわない。そのかわり、わたしは有名になりたい……本物の、世間が大騒ぎするような有名人に……。（両手で顔を覆う。）頭がくらくらする……ああ！

アルカージナの声　（家から）トリゴーリンさん！

トリゴーリン　お呼びだ……。荷造りをしなくちゃ。でも帰りたくないなあ。（湖のほうを振り返る。）まるで楽園だ！……すばらしい！

ニーナ　向こう岸に家と庭が見えるでしょう？

トリゴーリン　ええ。

ニーナ　あれは亡くなった母の屋敷なんです。わたしはあそこで生まれたの。ずっとこの湖のそばで過ごしてきたから、どんな小島だって全部知っている。

トリゴーリン　ここは本当にすばらしい！　（カモメを見て）これは？

ニーナ　カモメ。トレープレフさんが殺したの。

トリゴーリン　きれいな鳥だなあ。いや、本当に帰りたくない。アルカージナさんにここに残るよう、説得してもらえませんか。（手帖に書きこむ。）

ニーナ　何を書いているんですか？

トリゴーリン　メモをしているんです……。ちょっと閃《ひらめ》いたものだから……。（手帖をしまって）ちょっとした短編の題材です。湖のほとりに、ちょうどあなたのような若い娘さんが、小さいころから住んでいる。カモメみたいに湖が好きで、カモメみたいに幸せで自由だ。でもたまたまやってきた男が彼女を見て、ヒマつぶしのために、破滅させてしまった——ほら、このカモメのように。

間。

窓にアルカージナの姿が見える。

アルカージナ　トリゴーリンさん、どこなの？

トリゴーリン　いま行きます！（歩きながらニーナのほうを振り返る。アルカージナのいる窓辺で）どうしたんです？

アルカージナ　ここに残ることにしましょう。

トリゴーリンは家の中に消える。

ニーナ　（フットライト〔舞台前方〕に近寄る。しばらく考えこんでから）夢ね！

――幕――

第三幕

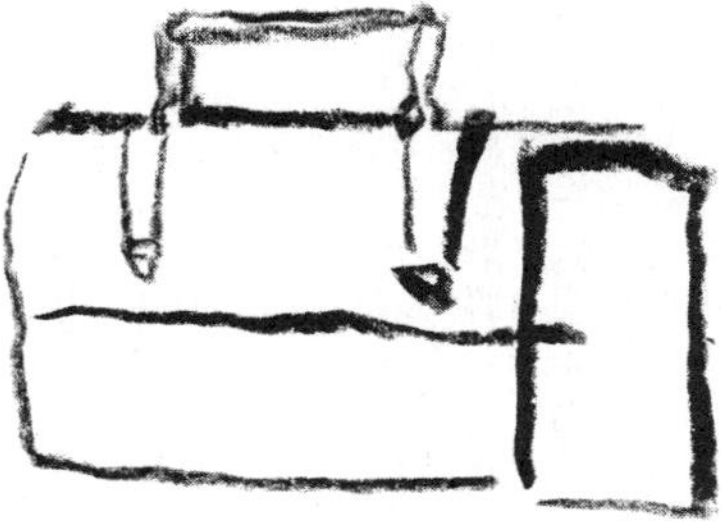

ソーリン家の食堂。右手と左手にドア。食器棚。薬の戸棚。部屋の真ん中にテーブルがある。スーツケースが一つと、段ボール箱がいくつも。出発の準備であることがすぐわかる。トリゴーリンが朝食をとっている。マーシャがテーブルのそばに立っている。

マーシャ　こんなことをお話しするのも、先生が作家だからこそです。ネタにしてくださってかまいません。本当に正直なところ、もし彼が重傷だったら、あたし、一瞬だって生きていられなかったでしょう。でもあたしには勇気がある。だからきっぱり決心したんです。こんな恋、胸から引っこ抜いてしまおうって。根こそぎ。

トリゴーリン　どうやって？

マーシャ　結婚するんです。メドヴェジェンコさんと。

トリゴーリン　あの学校の先生と？
マーシャ　ええ。
トリゴーリン　わからないな、どうしてそんな必要があるのか。
マーシャ　望みのない恋をして、何年もひたすら待っているだけなんて……。でも結婚したら、恋どころじゃなくなるでしょ。新しい心配事で、昔のことなんか、かき消されてしまう。何と言っても、ひと区切りになりますから。もう一杯いかが？
トリゴーリン　飲みすぎじゃないかな？
マーシャ　だいじょうぶ！　（それぞれの杯に注ぐ。）そんな目で見ないでください。女は思ったよりよく飲むものですよ。そりゃ、あたしみたいに堂々と飲むのは少数派ですけれど、大部分はこっそり飲んでいるんです。そう。いつもウォッカかコニャックを。（杯をカチンと合わせる。）乾杯！　先生は気さくな方ね、お別れするのが残念だわ。

二人は飲む。

トリゴーリン　わたしだって行きたくはないんだが。

マーシャ　じゃ、ここに残るように、あの方にお願いすればいいでしょ。

トリゴーリン　いや、これ以上残る気はないでしょう。息子があんな気のきかない振る舞いをするようじゃね。自殺しそこなったと思ったら、今度は、わたしに決闘を申し込むつもりだとかいう。いったい何のためです？　ふくれっ面をしたり、ぶつぶつ文句を言ったり、偉そうに新しい形式を宣伝したり……。でも席は十分あるんですよ、みんなの分が、年寄りにも、若手にも。押し合うことはないのにね。

マーシャ　まあ、嫉妬もあるでしょ。あたしの知ったことじゃないけど。

間。

ヤーコフがスーツケースを持って左手から右手へ通りぬける。ニーナが登場し、窓際に立ち止まる。

マーシャ　うちの教師《せんせい》はあんまりお利口じゃないけど、いい人で、貧乏人で、あたしのことをとても愛してくれる。かわいそうな人。あの人の年取ったお母さんもかわいそう。じゃあ、これでお別れしましょう。どうかお元気で。（固く握手する。）ご好意に本当に感謝しています。ご本が出たら送ってくださいね、必ずサインして。ただ、「親愛なる」なんて型どおりの呼びかけはやめて、いっそ、こんなふうに書いてください。「身元不明、この世に何のために生きているかもわからないマーシャへ」って。さよなら！　（立ち去る。）

ニーナ　（トリゴーリンのほうに握り締めた拳《こぶし》を差し出す。）偶数？　奇数？

トリゴーリン　偶数。

ニーナ　（ため息をついて）残念でした。手の中にあるのは、豆が一粒だけ。これは占いなの。女優になるべきか、なるべきじゃないか。誰か教えてくれないかなって。

トリゴーリン　教えられるようなことじゃないでしょう。

間。

ニーナ　お別れですね……きっと、もうお会いすることはないでしょう。記念にこのロケットを受け取ってください。先生のイニシャルを彫ってもらったんです……こちら側には、先生のご本のタイトル。『昼と夜』です。

トリゴーリン　これはお洒落《しゃれ》だ！（ロケットに口づけをする。）すばらしい贈り物です！

ニーナ　ときどきは思い出してくださいね、わたしのこと。

トリゴーリン　思い出しますよ。あの晴れた日のあなたの姿をきっと思い出すでしょう。ほら、一週間前、明るい色のドレスを着ていた日の姿です……あのときは、ベンチには死んだカモメも置いてありましたね。

ニーナ　（考え込んだように）そう、カモメ……。

間。

ニーナ　お話はまた後で、誰か来ます……。出発の前に、ちょっとだけ時間をください、お願いです……。（左手に去る。）

同時に右手から、アルカージナと、燕尾服に星章をつけたソーリンが、その後でヤーコフが登場。ヤーコフは荷造りに余念がない様子。

アルカージナ　ここに残りなさいよ、お兄さんは。リューマチを抱えた身で、お客に呼ばれてあちこち出歩くわけにもいかないでしょう。（トリゴーリンに）いま出て行ったのは誰？　ニーナ？

トリゴーリン　ええ。

アルカージナ　失礼《パルドン》、お邪魔したわね……。（腰をおろす。）荷造りは終わったみたい。へとへとよ。

トリゴーリン　（ロケットの字を読む。）『昼と夜』、百二十一ページ、十一行と十二行。

ヤーコフ　（テーブルの上を片づけながら）釣竿も入れますんで？

トリゴーリン　そうね、また使うから。本は誰かにあげてくれ。

ヤーコフ　承知しました。

トリゴーリン　（ひとりごと。）百二十一ページ、十一行と十二行。何が書いてあるのかな？（アルカージナに）この家にぼくの本がありますか？

アルカージナ　兄の書斎にありますよ。隅っこの本棚に。

トリゴーリン　百二十一ページ……。（退場。）

アルカージナ　本当に、お兄さん、ここに残ったほうがいいわよ……。

ソーリン　お前たちがいなくなると、家にいてもつらいんだよ。

アルカージナ　じゃあ町に出たら何があるの？

ソーリン　特に何もないけれど、やっぱりな。（笑う。）県庁舎の起工式とか、あるだろうし……。この穴ごもりから、ほんの一時間か二時間でも飛び出してみたいんだよ。なにしろ、わたしはもう、古ぼけたパイプみたいに、棚の隅で埃《ほこり》まみれだからねえ。一時に馬を出すよう言っておいたから、いっしょに出かけよう。

アルカージナ　（間の後で）やっぱり、ここで暮らしてね。退屈しないで、風邪をひかないで。息子を監督してね。あの子をよろしく。教え諭してやって。

間。

アルカージナ　こうして発ったら、結局、コンスタンチンがどうして自殺しようとしたのか、わからないままでしょうね。でも主な原因は嫉妬だったような気がする。だからトリゴーリンをできるだけ早くここから連れ出さないと。

ソーリン　どう言ったものかな。原因は他にもあったさ。わかりきったことだが、まだ若くて頭のいい男がへんぴな田舎で暮らしていて、金も地位もなければ、将来の見通しもない。まるっきりやることがない。ぶらぶらしているのが恥ずかしくもあり、こわくもある、というわけだ。わたしはあの子がかわいくてしょうがないし、向こうもわたしにはなついている。それでも、結局のところ、あの子は自分がこの家では余計者にすぎない、居候のただ飯食らいだ、と感じてしまうんだよ。わかりきったことだが、自尊心というものが……。

アルカージナ　困ったものね！（考えこんで）就職でもしてくれたらいいのに……。

ソーリン　（口笛をひゅうと吹き、それからためらいがちに）一番いいのは、お前が……ちょっと金をやることじゃないかな。まず何と言っても、人並みの格好をしなければならないし、というわけ。だって、そうだろう、一張羅《いっちょうら》のフロックコートを三年間もずっと着たきり雀で、外套《がいとう》も持っていない……。（笑う。）それに、若者なんだから、ちょっとは遊ぶのも悪くないだろう……。外国に行くとかして……。たいして金のかかることじゃなし。

アルカージナ　でも、やっぱり……。着るものくらいならともかく、外国旅行となると……。いえ、いまは着るものもだめ。（きっぱりと）わたし、お金がないのよ。

　　ソーリンは笑う。

アルカージナ　ないの！

ソーリン　（口笛を吹く。）そうだね。ごめん、ごめん、怒らないでおくれ。信じるから……。お前は心の広い、気高い女性だよ。

アルカージナ　（涙声で）お金がないのよ！

ソーリン　もしもわたしに金があったら、もちろん、あの子にやるんだがなあ。でもわたしにゃ何もない、五コペイカもない。（笑う。）年金は全部、管理人が取り上げて、畑だの、家畜だの、ミツバチだのに使うんだが、結局全部消えてしまう。ハチは死ぬ、牛も死ぬ。馬は全然使わせてもらえない……。

アルカージナ　本当はね、お金はあるの。でもわたしは女優ですからね。衣裳代だけですっからかんよ。

ソーリン　お前は優しい、いい人だ……。尊敬しているよ……。そうさ……おや、なんだか、また具合が……。（よろける。）目まいがする。（テーブルにつかまる。）気分が悪い、というわけ。

アルカージナ　（びっくりして）お兄さん！（彼を支えようとしながら）お兄さん、

だいじょうぶ？……（叫ぶ。）助けて、誰か！　助けて！……

頭に包帯を巻いたトレープレフと、メドヴェジェンコ登場。

ソーリン　いや、なんでもない……。（微笑んで、水を飲む。）もうだいじょうぶ……というわけ……。

アルカージナ　お兄さんがたいへん！

トレープレフ　（母に）びっくりしないで、ママ。たいしたことじゃないから。伯父さんには最近、よくあるんだ。（伯父に）伯父さん、少し横にならなくちゃ。

ソーリン　ちょっとね……。でもやっぱり、町に行くよ……。ちょっと横になってから出かけよう……。わかりきったこと……。（ステッキにすがりながら歩く。）

メドヴェジェンコ　（彼の腕を取って支える。）こういう謎々がありましてね。朝は四本足、昼は二本足、夕方は三本足……。

ソーリン　（笑う。）確かに。それで、夜にはひっくり返っている、と。ありがとう、一人で歩けるから……。

メドヴェジェンコ　いえいえ、遠慮は無用ですから！……

メドヴェジェンコとソーリン、退場。

アルカージナ　本当にびっくりさせられた！

トレープレフ　田舎暮らしが健康によくないんだよ。気分が落ち込んで。もしもママが急に気前よくなって、千五百か二千ルーブリくらい、ぽんと貸してあげたら、伯父さんは一年中町で暮らせるのにね。

アルカージナ　わたしにはお金がないの。女優ですからね。銀行家じゃないの。

間。

トレープレフ　包帯を替えて。ママは上手だから。

アルカージナ　（薬品戸棚からヨードホルムと、包帯箱を取る。）ドクターは遅いわね。

トレープレフ　十時には来るって言っていたけれど、もうお昼だ。

アルカージナ　座って。（彼の頭から包帯を取る。）まるでターバンみたい。きのうどこか他所《よそ》から来た人が、勝手口であなたのことを聞いていたわよ、あの人は何《なに》人《じん》ですかだって。傷はほとんど治ったみたい。後ほんのちょっと。(彼の頭にキスをする。) わたしがいなくなったら、またバン、バンってやらないでしょうね?

トレープレフ　やらないよ、ママ。あのときはやけくそになって、自分を抑えられなかったんだ。もう二度とこんなことはないさ。(彼女の手にキスをする。) 何でもできる手だね。そういえば、だいぶ前、ママが国立劇場の舞台に出ていて、ぼくがまだ小さかったころ、中庭で喧嘩があって、間借りしていた洗濯屋のおばさんがさんざん殴られたことがあったでしょう? 覚えている? 気を失ったその人を皆で抱えあげて……ママはいつもそのおばさんのところに、薬を持っていってあげたり、子供たちを桶で洗ってあげたりしていた。覚えてない?

アルカージナ　覚えてない。(新しい包帯を当てる。)

トレープレフ　同じ建物に、バレリーナが二人住んでいて……よくコーヒーを飲みに来ていた……。

アルカージナ　それは覚えている。

トレープレフ　とても信心深い人たちだった。

間。

トレープレフ　最近、ていうか、この何日か、ぼくは子供のころと同じくらい、心からママのことが好きで好きでたまらない。いまぼくにはもう、他には誰も残っていないんだ。でもどうして、いったいどうして、ぼくとママの間にあの男が割りこんできたんだろう。

アルカージナ　あの人のことがわかっていないのよ、コンスタンチン。立派な人格者ですよ……。

トレープレフ　でもぼくが決闘を申し込むつもりだと聞くと、その立派な人格者が臆病風に吹かれた。それで立ち去ろうとしている。逃げ出そうってわけか、恥知らずめ！

アルカージナ　馬鹿をおっしゃい！　わたしがあの人を、ここから連れ出そうとしているの。そりゃ、わたしたちの仲はあなたの気に入るわけもないでしょうけれど、あなたは頭のいいインテリでしょ。人の自由を尊重してくれてもいいんじゃないかしら。わたしにもそう要求する権利があるわ。
トレープレフ　ママの自由は尊重するよ、でもママもぼくの自由を認めて、ぼくが思い通りの態度をあの男に取ることを許してほしいね。とても立派な人格者だって！　ぼくたちはあいつのことで親子喧嘩をしそうになっているっていうのに、あいつはいま客間か庭で、ぼくのこともママのことも笑いものにして、ニーナに薫陶《くんとう》をあたえ、自分こそは天才だと信じこませようとしているんだ。
アルカージナ　嫌味を言うのが、そんなに楽しいんですか。わたしはあの人を尊敬しているんですからね、わたしの前で彼の悪口はやめてちょうだい。
トレープレフ　ぼくは尊敬しないね。ぼくにもあいつのことを天才と思わせたいんだろうけれども、失礼、ぼくは嘘がつけない。あいつの作品にはむかつくね。
アルカージナ　それは嫉妬ですよ。才能もないくせに、うぬぼればっかり強い人たちには、本物の才能をこきおろすことくらいしか、できないんだから。立派な気晴らしですこと！

トレープレフ　（嫌味に）本物の才能！（憤然と）こうなったら言うけどね、ぼくのほうがずっと才能があるさ、あんたたちの誰よりも！（頭から包帯をむしり取る。）あんたたちは、できあいのものにしがみつく保守主義者だ。芸術の一等席をひとり占めして、自分のやることだけが正当な本物だと考え、それ以外のことは迫害し、押しつぶす！　おれはあんたたちを認めないぞ！　あんたも、あいつも認めるもんか！

アルカージナ　デカダン！……

トレープレフ　さっさと自分の大事な劇場に戻って、つまらないヘボ芝居にでも出てりゃいいんだ！

アルカージナ　ヘボ芝居になんか、出たことありませんよ、わたしは！　あんたこそ、つまらないボードビルの一つも書けないくせに。キエフの町人（注9）！　パラサイト！

トレープレフ　ケチ！

アルカージナ　ボロすけ！

トレープレフは座り、声を押し殺して泣く。

アルカージナ　ろくでなし！（興奮したまま少し歩き回って）泣かないで。泣くことはないわよ……。（泣く。）泣かないで……。（彼の額、頬、頭にキスをする。）いい子だから泣かないで、ごめんなさい……。悪い母親を許して。不幸なわたしを許してね。

トレープレフ（彼女を抱きしめる。）わかってくれたらなあ！　ぼくは何もかも失《な》くしてしまった。彼女はぼくを愛していない。ぼくはもう書くことができない……。希望はもう何も残っていない……。

アルカージナ　そんなに落ちこまないで……。なんとかなるから。わたしがすぐにあの人を連れ出すから、あの娘《こ》はまたあなたのこと、好きになるわよ。（彼の涙を拭《ぬぐ》ってやる。）もういいでしょ。これで仲直り。

トレープレフ（彼女の両手にキスをする。）そうだね。

アルカージナ　（優しく）あの人とも仲直りしてね。決闘なんてだめ……。必要ないでしょ？

トレープレフ　わかったよ……。でも、あの男と顔を合わせなくてもいいよね。つらくて……耐えられないから……。（トリゴーリン登場。）ほら来た……席をはずすよ……。（急いで薬を戸棚にしまう。）包帯はドクターにしてもらうから……。

トリゴーリン　（本の該当箇所を探している。）百二十一ページ……十一行と十二行……。ここだ……。（声に出して読む。）「いつかわたしの命が必要になったら、取りに来てください」

トレープレフは床から包帯を拾って、退場。

アルカージナ　（時計を見て）もうすぐ馬車が来ますよ。

トリゴーリン　（ひとりごと。）いつかわたしの命が必要になったら、取りに来てください……。

アルカージナ　もう荷造りは終わっているんでしょうね？

トリゴーリン　（じれったそうに）はい、はい……。（考えこんで）どうしてこの清らかな魂の呼びかけの中に、悲しい響きが聞こえるんだろう。どうしておれの心はこんなに切なく締めつけられるんだろう？……いつかわたしの命が必要になったら、取りに来てください。（アルカージナに）もう一日、ここに残りましょう！

アルカージナは首を横に振って、否定する。

トリゴーリン　残りましょうよ！
アルカージナ　あのね、何があなたを引き止めているか、わかっているのよ。でもしっかりしてちょうだい。ちょっと酔ってしまったのね、酔いを醒《さ》まさなきゃ。
トリゴーリン　それならあなたにも醒めてもらいたいな。賢く、分別を持ってもらいたい。どうか親友としてこの事態を受け止めてほしいんです……。（彼女の手を握る。）あなたは自分を犠牲にできる人でしょう……。親友として、ぼくと別れてください……。
アルカージナ　（ひどく動揺して）そんなに夢中になっちゃったの？

トリゴーリン　彼女に惹きつけられるんです！　これこそ、ぼくに必要なものなのかもしれない。

アルカージナ　田舎娘の愛が？　あなたはね、自分のことが全然わかってないのよ！

トリゴーリン　ときどき歩きながら眠っている人がいるでしょう。ちょうどぼくも今こうして話していると、なんだか眠っていて、彼女の姿を夢に見ているみたいだ……。甘くすばらしい夢のとりこになってしまった……。ぼくと別れてください……。

アルカージナ　（震えながら）だめ、だめ……。わたしは平凡な女ですからね、そんなふうに話さないで……。わたしを苦しめないで、ボリス……。わたし、こわい……。

トリゴーリン　でもその気になれば、あなたは非凡な女性になることもできる。若々しく魅惑する恋、詩的で、夢想の世界に連れ去ってくれるような恋――そういう恋だけが、地上の幸せを与えてくれる！　そんな恋をぼくはまだ経験したことがなかった……。若いころはそんなヒマはなかった。編集部へ通いつめ、貧乏との闘いに明け暮れて……。いまそれが、その恋がついにやって来て、手招きしている……。そこから逃げ出すなんて、ばかげている。

アルカージナ　（憤然と）頭がおかしくなったのね！

トリゴーリン　それでもいいさ。

アルカージナ　今日は皆でよってたかって、わたしをいじめるんだから！（泣く。）

トリゴーリン　（自分の頭を抱えこむ。）わかってくれない！　わかろうともしない！

アルカージナ　わたしってもう、そんなに醜いおばあさんになったの？　気がねもしないで、他の女のことをわたしに話してもいいと思うほど？（彼を抱きしめ、キスをする。）頭がおかしくなったのね！　わたしのすばらしい人……。あなたはわが人生の最後の一ページ！（ひざまずく。）わたしの喜び、わたしの誇り、わたしの幸福……。（彼の膝を抱く。）もしもあなたに捨てられたら、ほんの一時間でも耐えられない。気が狂ってしまう。わたしのすばらしい人、わたしのご主人様……。

トリゴーリン　さあ、誰かが来るかもしれないから。（彼女が立ち上がるのを手伝う。）

アルカージナ　かまわないわ、あなたへの愛は恥ずかしいことじゃないでしょ。（彼の両手に接吻する。）わたしの宝物、向こう見ずな人。無鉄砲なことがしたいのね、でもだめよ、放しませんからね……。（笑う。）わたしのもの……。あなたは、わたしのもの……。この額も、この目も、このすばらしい絹のような髪の毛も……。あなたは全部わたしのもの。あなたはとても才能があって、頭がよくて、現代のすべての作家の中で最高で、ロシア唯一の希望よ……。あなたの書くものは、誠実で、素朴で、新鮮で、健康なユーモアもある。あなたはたったの一筆で、人物や風景の特徴を伝えることができる。あなたの人物は、まるで生きているみたい。あなたの作品を読んで感激しないでいられるものですか！　これがお世辞だと思う？　おべっかだとでも？　さあ、わたしの目を見てちょうだい……見て……。わたしが嘘つきに見える？　わかるでしょ、あなたの真価をちゃんと認められるのはわたしだけ。本当のことを言うのはわたしだけなの。ね、わたしの愛《いと》しい、すばらしい人……。じゃ、わたしと行くわね？　わたしを捨てないわよね？

トリゴーリン　おれには自分の意志がない。自分の意志なんて、あったためしがないんだ……。ぐずで軟弱で、いつも人の言いなりになる——こんな性格で女に好かれるものだろうか？　さあ、おれを捕まえて、ここから連れ出してくれ。でも、ほんの一歩も手元から離さないように……。

アルカージナ　（ひとりごと。）これで彼はわたしのもの。（けろりと、何事もなかったように）でも、ここに残りたかったら、残ってもいいのよ。わたしが一人で先に行くから、あなたは一週間くらいしてから来たら？　実際、急ぐ用もないんだから……。

トリゴーリン　いや、いっしょに行きましょう。

アルカージナ　お好きなように。いっしょがいいなら、いっしょに……。

間。

トリゴーリンが手帖に何か書き留める。

アルカージナ　何、それ?

トリゴーリン　今朝、うまい表現を聞いたんです。「処女の林」……。使えるな。(伸びをする。)それじゃ、行きますか?　またしても列車に乗って、駅をいくつも過ぎていく。ビュッフェ、決まりきった肉料理におしゃべり、か……。

シャムラーエフ　(登場。)まことに悲しいことではありますが、馬の用意ができたことをご報告申し上げます。アルカージナさま、そろそろ駅に向かう時間であります。汽車の到着は二時五分です。それではアルカージナさま、どうかお問い合わせのほう、お忘れにならないよう、よろしくお願いします。役者のスズダーリツェフはいまどこにいるのか?　生きているのか?　元気か?　いやあ昔は、いっしょに飲んだものでした……。『郵便強盗』の演技は誰にも真似のできないものでしたな……。やつといっしょに、確か、エリサヴェトグラードでイズマイロフという悲劇役者も出ていましたが、これもなかなかの人物でして……。いや、あわてることはありません、まだ五分はだいじょうぶです。で、あるとき、この二人はメロドラマで共演して、陰謀を企てる仲間どうしになったのですが、彼らが突然のガサ入れで逮捕されたとき、「罠《わな》にはめられたか」と言わなければいけなかったのに、イズマイロフは、「罠にへめられたか」とやったんですな……。（大声で笑う。）「へめられた！」……。

彼が話している間、ヤーコフはスーツケースの回りで忙しそうに立ち働き、メイドがアルカージナに帽子とコートと傘と手袋を持ってくる。皆がアルカージナの身支度を手伝う。左手のドアから料理人が顔を覗かせ、しばらくしてから入ってくる。ポリーナ・アンドレーエヴナ、その後にソーリンとメドヴェジェンコ登場。

ポリーナ　（小さなバスケットを持って）どうぞ、お持ちになってください……。とても甘いスモモですよ。車中、こういうものがちょっと欲しくなるかもしれませんから……。
アルカージナ　これはご親切に、ポリーナさん。
ポリーナ　さようなら、アルカージナさん！　何か行き届かないことがあったとしても、どうかお許しください。（泣く。）
アルカージナ　（彼女を抱く。）いいえ、何もかも申し分ありませんでしたよ、何もかも。でも泣くことはないじゃないの。
ポリーナ　時は過ぎていきますね！
アルカージナ　しかたないでしょう！
ソーリン　（ケープつきの外套を着、帽子をかぶり、杖をついて、左手のドアから出てくる。部屋を横切りながら）ねえ、そろそろ時間だよ、遅れちゃ困るからね、結局のところ。わたしは先に乗っていよう。（退場。）
メドヴェジェンコ　ぼくは歩いて駅まで行きますよ……お見送りに。それじゃ急いで……。（退場。）
アルカージナ　さようなら、皆さん……。無事で元気だったら、夏にまたお会いしましょう……。

メイド、ヤーコフ、料理人が彼女の手にキスをする。

アルカージナ　わたしのことを忘れないでね。（料理人に一ルーブリ与える。）この一ルーブリ、三人で分けなさい。

料理人　ありがとうございます、奥様。よい旅になりますように！　いろいろとよくしていただきました。

ヤーコフ　どうか道中ご無事で！

シャムラーエフ　ほんの一筆でもお便りをいただけると嬉しいですよ！　ご機嫌よう、トリゴーリン先生。

アルカージナ　コンスタンチンはどこ？　わたしがもう発つって、あの子に言ってくださらない。お別れをしなくちゃ。それでは、皆さん、さようなら。（ヤーコフに）コックさんに一ルーブリあげましたからね、三人で分けるのよ。

全員、右手に退場。舞台は空っぽになる。舞台裏から、見送りにつきものの騒がしい音が聞こえてくる。メイドが戻ってきて、スモモを入れたバスケットを取り、また退場。

トリゴーリン　（戻ってきて）ステッキを忘れた。テラスだったかな。

歩いていくと、左手のドアの前で、入ってきたニーナに出くわす。

トリゴーリン　おや？　ちょうど発つところなんです。

ニーナ　もう一度会えるような気がしていたんです。（気が高ぶった様子で）トリゴーリン先生、わたし、きっぱり決めました。賽《さい》は投げられた。もう後戻りはできません。女優になります。明日はもう、ここにはいないでしょう。父のもとを離れ、すべてを捨てて、新しい生活を始めるんです……。ここを発って、先生と同じ……モスクワに行きます。あちらでお会いしましょう。

トリゴーリン　（ちらりと後ろを振り返ってから）スラヴャンスキー・バザールに泊

まりなさい……。着いたらすぐに知らせて……住所はモルチャノーフカ通り、グロホリスキー館……。急がなきゃ。

間。

ニーナ　もう一分だけ……。

トリゴーリン　（声をひそめて）きみはすばらしい……なんて幸せなんだろう、もうすぐ会えると思っただけで！

彼女は彼の胸に頭をもたせかける。

トリゴーリン　また、見ることができるんだ――この魔法のような目、なんとも言えないほど美しくやわらかいほほえみ……この優しい顔立ち、天使のように清らかなおもかげ……。わたしの大事な……。

長いキス。

――幕――

三幕と四幕の間に、二年経過。

第四幕

ソーリン家の客間の一つ。コンスタンチン・トレープレフが書斎として使っている。左右にドアがあり、それぞれ奥の部屋に通じている。正面にはテラスに出るガラス戸。普通の客間用の家具のほか、右隅に書き物机、左手のドアの脇にはトルコ風のソファ(注10)、本棚。本は窓際や椅子の上にも置いてある。夕方。シェードのついたランプが一つ、点っている。薄暗い。木々のざわめきと、煙突の中で風がうなる音が聞こえる。番人がカチカチと拍子木を叩く音。メドヴェジェンコとマーシャ登場。

マーシャ　（呼ぶ。）トレープレフさん！　トレープレフさん！　（あたりを見回しながら）誰もいない。あのおじいちゃんときたら、コースチャはどこだ、コースチャはどこだって、ひっきりなしに聞くんだもの……。コースチャなしでは生きていけないのね……。

メドヴェジェンコ　孤独がこわいんだよ。（聞き耳を立てる。）ひどい天気だ！　もう、まる二日になる。

マーシャ　（ランプの火を強める。）湖には波が立っている。すごく大きな。

メドヴェジェンコ　庭は真っ暗だよ。庭に作った例の舞台を取り壊すように、言わないとね。むき出しのみっともない姿がまるで骸骨みたいだし、幕は風でぱたぱた鳴っているし。昨日の夕方、前を通りかかったら、誰かが泣いているみたいな気がした。

マーシャ　よく言うわよ……。

間。

メドヴェジェンコ　マーシャ、家に帰ろう！

マーシャ　（首を横に振って、否定する。）今晩は泊まっていくわ。

メドヴェジェンコ　（懇願するように）帰ろうよ、マーシャ！　赤ちゃんがきっと、お腹をすかせている。

マーシャ　また、つまらないことを。乳母が面倒を見てくれるわよ。

間。

メドヴェジェンコ　かわいそうだよ。もうこれで三日も母親の顔を見ないことになるんだから。

マーシャ　あんたもつまらない人になったわね。以前は、理屈をならべて哲学めいたことを少しは言ったものなのに、いまじゃいつでも、赤ちゃん、家に帰ろう、赤ちゃん、家に帰ろう、の一点張りで、それ以外の言葉なんて何もないじゃないの。

メドヴェジェンコ　だから、家に帰ろう、マーシャ！

マーシャ　一人で帰りなさい。

メドヴェジェンコ　きみのお父さんは馬を出してくれないさ。

マーシャ　くれるわよ。お願いすればいいじゃない。

メドヴェジェンコ　じゃあ、お願いしてみようかな。きみのほうは、明日は帰ってくれるね？

マーシャ　（嗅ぎタバコを嗅ぐ。）たぶん、明日はね。しつこいったら……。

トレープレフとポリーナ・アンドレーエヴナ登場。トレープレフは枕と毛布を、ポリーナ・アンドレーエヴナはシーツを持っている。二人はそれらをトルコ風ソファの上に置き、それからトレープレフが自分の書き物机のところに行き、腰をおろす。

マーシャ　それは誰のため、ママ？

ポリーナ　ソーリンさんが、コースチャの部屋にベッドを作ってくれとおっしゃるのよ。

マーシャ　あたしがやるわ……。（ベッドを作る。）

ポリーナ　（ため息をついて）年をとると、子供みたいね……。（書き物机の前に行き、肘をついて、原稿を覗きこむ。）

間。

メドヴェジェンコ　もうお暇《いとま》します。それじゃね、マーシャ。（妻の手にキスをする。）さようなら、お義母《かあ》さん。（義理の母の手にキスをしようとする。）

ポリーナ　（腹立たしげに）さあ、いいから行きなさい！

メドヴェジェンコ　ご機嫌よう、トレープレフさん。

トレープレフは黙ったまま、手を差し出す。メドヴェジェンコ退場。

ポリーナ　（原稿を見ながら）コースチャ、あなたが本物の作家になるとは、誰も夢にも思いませんでしたね。それがこうして、おかげさまで、雑誌社から原稿料も送られてくるようになって。（彼の髪を手で撫《な》でる。）それにハンサムになって……。コースチャ、あなたはいい人でしょ。お願いだから、うちのマーシャにもうちょっと優しくして！……

マーシャ　（ベッドを作りながら）余計なこと、言わないでよ、ママ。

ポリーナ　（トレープレフに）とてもいい娘《こ》なんですよ。

　間。

ポリーナ　女というものはね、コースチャ、優しい目を向けてもらえるだけでいいの。その他には何もいらない。自分もそうだったから、わかるのよ。

　トレープレフは机の前から立ち上がり、黙ったまま出て行く。

マーシャ　ほーら、怒らせちゃった。しつこくするからよ！

ポリーナ　わたしはね、お前がかわいそうなんだよ、マーシャ。

マーシャ　余計なお世話！

ポリーナ　お前のことが心配で心配で。わたしは全部わかっている、全部お見通しですからね。

マーシャ　ばかばかしい。望みなき片思いなんて、小説の中だけの話でしょ。くだらない。自分を甘やかさないことよ。海辺で日和《ひより》を待つみたいに、何かをずっと待っていてはいけないの……。もし心の中に恋が生まれたとしても、追い払わなければ。そういえば、うちの亭主、今度他の県に転勤させてもらえるんだって。そっちに引っ越したら、全部忘れるわ……胸から根こそぎ、引っこ抜いてしまいましょう。

二部屋ほど先で、メランコリックなワルツを誰かが演奏している。

ポリーナ　あのピアノはコースチャね。やっぱり気がふさぐんでしょう。

マーシャ　（音も立てずに二、三回、ワルツのターンをする。）肝心なのはね、ママ、目の前からいなくなるってことなの。うちの亭主が転勤になったら、きっと一ヶ月で忘れてしまうわ。くだらない、こんなこと全部。

左のドアが開き、ドルンとメドヴェジェンコがソーリンの乗った車椅子を押してくる。

メドヴェジェンコ　うちはもう、六人家族になりましてね。ところが粉は一キロ四コペイカ以上もするんです。
ドルン　それじゃきりきり舞いだ。
メドヴェジェンコ　笑っていられる人はいいですよ。おたくはお金が掃いて捨てるほどあるんでしょう。
ドルン　お金？　開業してから三十年、昼も夜もまったく自由にならず、心の休まることがない仕事をずっとして、その結果、貯めたのがたったの二千ルーブリ。そのお金も、最近外国に出たときに、使い果たしてしまった。だから一文無しなんですよ。
マーシャ　（夫に）あんた、まだいたの？
メドヴェジェンコ　（すまなそうに）しょうがないよ。馬を出してもらえないんだから！
マーシャ　（さもいまいましそうに、声をひそめて）そんな顔、見るのも嫌だ！

車椅子は部屋の左側で止まる。ポリーナ・アンドレーエヴナ、マーシャ、ドルンがそのかたわらに腰をおろす。メドヴェジェンコはすっかりしょげて、脇に退《の》く。

ドルン　それにしても、いろいろ変わりましたね！　客間が書斎になったし。

マーシャ　ここはトレープレフさんの仕事に都合がいいんです。いつでも好きなときに庭に出て、考え事ができますでしょ。

番人が拍子木を打つ音。

ソーリン　妹はどこかな？

ドルン　駅にトリゴーリンを迎えに行かれました。もうすぐ戻ってくるでしょう。

ソーリン　もしもドクターが妹を呼び寄せなければならないと考えたのなら、わたしはもう危ないってわけですな。（しばらく沈黙して）なんてこった、それほど危ないっていうのに、薬一つ処方してもらえないとはね。

ドルン　じゃあ、何がお望みなんです？　カノコソウの水薬ですか？　重曹？　キニーネ？

ソーリン　ほら、また哲学が始まった。たまったもんじゃない。（あごでソファのほうを指して）この寝床はわたしのための？

ポリーナ　そうです、ソーリンさん。

ソーリン　ありがとう。

ドルン　（口ずさむ。）「夜空に月が浮かび……」

ソーリン　コースチャに小説の素材を提供したいと思うんだよ。「……たかった、た男」、フランス語で言えば、「L'homme qui a voulu《ロンム・キ・ア・ヴリュ》」というタイトルさ。若いころ、わたしは文学者になりたかった。でもなれなかった。弁舌爽《さわ》やかに話したかった。でもひどく話しべただった。（自嘲的に自分の口真似をして）「というわけ、結局のところ、とかなんとか、そのー、あのー……」――というわけで、うまく話をまとめようとしてもまとまらず、大汗をかいたもんだ。結婚したかった。でも結婚できなかった。いつも町で暮らしたかった。でも田舎で人生を終えようとしている。というわけ。結局のところ。

ドルン　四等文官になりたかった。そしてなった。

ソーリン　（笑う。）それはなろうと思ったわけじゃない。自然になってしまったんだよ。

ドルン　六十二歳にもなってですね、いいですか、人生に不満だと言うなんて、立派な心ばえとは言えませんな。

ソーリン　分からず屋だねえ。わたしは生きたい、と言っているんだよ。

ドルン　だから、浅はかだ、と言うんです。自然の法則ですよ、どんな命にも終わりがあるのは。

ソーリン　それはお腹がいっぱいの人間の理屈だよ。お腹がいっぱいだから、生きることにもクールでいられる。あんたにはどうでもいいんだろう。でも死ぬとなったら、あんただってこわくなるさ。

ドルン　死の恐怖は、動物的な恐怖です……。抑えこまなければなりません。死を意識して恐れるのは、永遠の生を信じる人たちだけですよ。こういう人たちは自分の犯した罪がこわくなるんですね。ところが、ソーリンさんは、第一、信者ではない。第二に、どんな罪を犯したっていうんです？　二十五年を司法省で勤めあげられた――ただそれだけでしょ。

ソーリン　（笑う。）二十八年だ……。

トレープレフが入ってきて、ソーリンの足元の小さな腰掛けに座る。マーシャはずっと彼から目を離さない。

ドルン　トレープレフ君の仕事の邪魔をしているようですね。

トレープレフ　いえ、だいじょうぶです。

間。

メドヴェジェンコ　ひとつうかがいたいんですが、ドクター、外国ではどの町が一番気に入りましたか？

ドルン　ジェノヴァですね。

メドヴェジェンコ　どうしてジェノヴァなんです？

ドルン　あそこは町の人ごみがすばらしいんだな。夕方、ホテルから外に出ると、通りが人に埋めつくされている。それから人ごみに紛れて、何の目的もなく、あっちに行ったり、こっちに行ったり、ぶらぶらして、群衆といっしょに生きていると、心理的に溶け合って、一つの世界霊魂みたいなものが実際にありえると思えるんです。ほら、いつかトレープレフ君のお芝居でニーナ・ザレーチナヤさんが演じたような、世界霊魂ですよ。そう言えば、いま彼女はどこにいるのかな？どこで何をしているんでしょう？

トレープレフ　きっと元気ですよ。

ドルン　なんでも、一風変わった暮らし向きだとか、聞きましたが。どういうことなんでしょう？

トレープレフ　それはね、ドクター、長い話ですよ。

ドルン　短くすると？

間。

トレープレフ　彼女は家出をして、トリゴーリンといっしょになった。それはご存じでしょう？
ドルン　知っています。
トレープレフ　子供が生まれた。でも死んでしまった。トリゴーリンの愛は冷め、案の定、元のさやに戻っていった。もっとも、あの男はそもそも、元のさやを捨ててなかったんですよ。煮えきらないぐずぐずした性格のせいで二股をかけ続け、あっちでもこっちでもなんとかうまくやっていたんです。ぼくの知っていることから判断すれば、ニーナの私生活はあまりうまくいったとは言えません。
ドルン　舞台のほうは？
トレープレフ　もっと悪いかもしれない。デビューしたのはモスクワ郊外の別荘地の劇場で、それからどさ回り。そのころぼくはニーナを追いかけ、しばらくの間、彼女の行く先々に必ず行ったものです。彼女はいつも大きな役に取り組んでいましたが、演技はがさつで、品もなく、うなり声をあげたり、激しい身振りをするだけでした。まあ、うまく「きゃーっ」と叫んだり、うまくバタンと死んでみせたり、と才能を見せることもありましたが、それはほんの一瞬のことでしたね。

ドルン　じゃ、やっぱり才能はある？

トレープレフ　微妙ですね。きっとあるんでしょう。ぼくはそうしてニーナの姿を見ていたんですが、彼女のほうはぼくに会いたがらず、ホテルに行っても部屋に通してもらえませんでした。その気持ちもわかると思ったので、ぼくも無理に面会を求めなかった。

間。

トレープレフ　まだ何かお話しすることがあったかな？　その後、ぼくは、家に戻ってからですが、彼女から手紙を何通ももらいました。中身のある、暖かい、面白い手紙でしたね。泣き言は言っていませんでしたが、とても不幸に違いないとぼくは感じた。どの一行を読んでも、神経が病的にぴりぴりしていることがわかりましたから。頭の調子もちょっと狂っていた。なにしろ手紙に「カモメ」って署名するんですから。ほら、『人魚娘《ルサールカ》』というプーシキンの詩で(注11)、娘を失って頭がおかしくなった粉挽きの男は、自分のことをカラスと呼ぶでしょう。それと同じように、ニーナは手紙の中で、いつも自分はカモメだって繰り返していました。いま彼女はこちらに来ていますよ。

ドルン　えっ、こちらにって言うと？

トレープレフ　すぐ近くの町の旅館にいるんです。もう五日も泊まっています。ぼくも会いに行こうと思ったんですが、マーシャさんが行ってみたら、誰にも会わないと言われたそうです。メドヴェジェンコ先生は昨日のお昼過ぎに、ここから二キロほどの野原で見かけたと言っています。

メドヴェジェンコ　確かに、見かけました。あの人は町のほうに歩いて行くところでした。で、ぼくがお辞儀をして、どうして遊びに来ないんですかと聞いたら、行きますよ、とのことでしたがね。

トレープレフ　来ないだろうな。

間。

トレープレフ　父親も継母もあんな娘、顔も見たくない、といったふうで、番人をあちこちに置いて、屋敷にも近寄らせないんです。（ドクターとともに書き物机のほうに退く。）ねえ、ドクター、本の中で哲学者になるのはじつに簡単ですが、現実はそうはいきませんね！

ソーリン　とてもかわいいお嬢さんだったなあ！

ドルン　えっ、何ですって？

ソーリン　とてもかわいいお嬢さんだった、と言っているんだよ。四等文官のソーリンでさえも、一時期あの娘《こ》には惚れていた。

ドルン　いい歳をして、お安くないですねえ。

シャムラーエフの笑い声が聞こえる。

ポリーナ　皆さん、駅からお着きのようですよ……。

トレープレフ　そう、ママの声も聞こえる。

アルカージナ、トリゴーリン登場。その後ろから、シャムラーエフ。

シャムラーエフ　（登場しながら）わたしらは皆、年老いて行き、自然の作用を受けて風化していきます。ところが、奥様はあいかわらずお若い……明るい色のブラウス、颯爽《さっそう》として優美このうえないお姿……。

アルカージナ　心にもないお世辞ばっかり、うんざりしますよ。

トリゴーリン　（ソーリンに）今晩は、ソーリンさん！　どうしていつもお加減が悪いんです？　困ったことですねえ！　（マーシャを見て、嬉しそうに）マーシャさん！

マーシャ　わかりました？　（彼の手を握る。）

トリゴーリン　結婚された？

マーシャ　だいぶ前に。

トリゴーリン　幸せですか？　（ドルンおよびメドヴェジェンコと会釈《えしゃく》をかわし、それからためらいがちにトレープレフのほうに歩み寄る。）アルカージナさんの話では、きみは昔のことはもう水に流して、立腹されていない、とのことでしたが。

　トレープレフは彼に手を差し出す。

アルカージナ　(息子に) トリゴーリンさんは、あなたの新しい短編が載っている雑誌を持ってきてくださったのよ。

トレープレフ　(雑誌を受け取りながら、トリゴーリンに) ありがとうございます、これはご親切に。

　皆、座る。

トリゴーリン　きみの熱烈なファンたちから、よろしくとのことです。ペテルブルグでもモスクワでも、みんな興味津々でね、いつもきみのことを聞かれるんですよ。どんな人か、歳はいくつか、黒髪か、金髪かってね。なぜだか皆、きみがもう若くないと思っていますね。で、誰もきみの本名を知らないんです。なにしろペンネームを使っているでしょう。鉄仮面みたいに神秘的な存在ですよ。

トレープレフ　こちらには長く？

トリゴーリン　いえ、明日にはモスクワに戻るつもりです。しょうがない。書きかけの小説を急いで完成させなければならないし、著作集のためにも何か書く約束をしちゃったし。一言で言えば、いつもの話ですよ。

　二人が話している間に、アルカージナとポリーナは部屋の真ん中に折りたたみ式のトランプ用テーブルを立て、それを広げる。シャムラーエフがロウソクに火を点し、椅子を置く。戸棚からロットー(注12)を取り出す。

トリゴーリン　天候にはたたられましたね。ひどい風でね。もし風が止めば、明日は湖に釣りに行こう。それはそうと、もう一度見ておきたいものですね、庭と、あの場所を――ほら、覚えていますか、きみの戯曲を上演した場所ですよ。新作の構想が固まってきたんですがね、小説の舞台となる場所の記憶を新たなものにしないといけない。

マーシャ　（父に）パパ、うちの人に馬を出してやって！　うちに帰らなきゃならないの。

シャムラーエフ　（口真似をしてからかうように）馬を出して……うちに帰らなきゃ……。（厳しい口調で）自分の目で見ただろう。いま駅に行ってきたばかりだ。また走らせるわけにはいかん。

マーシャ　他の馬だってあるでしょう……。（父が黙っているのを見て、諦めたように手を振る。）とりつく島もないんだから……。

メドヴェジェンコ　マーシャ、ぼくは歩いて帰るよ。実際……。

ポリーナ　（ため息をついて）歩いてね、こんな天気なのに……。（ゲーム用のテーブルにつく。）皆さん、どうぞ。

メドヴェジェンコ　たったの六キロだから……それじゃ……。（妻の手にキスをする。）さようなら、お義母《かあ》さん。

ポリーナは接吻を受けるため、しぶしぶ手を彼に差し出す。

メドヴェジェンコ　どなたにもご心配をかけたくはないのですが、なにしろ赤ん坊がおりますので……（皆にお辞儀をする。）さようなら……。（退場。申しわけなさそうな足取り。）

シャムラーエフ　きっと、たどり着くさ。お偉い様じゃあるまいし。

ポリーナ　（机をこつこつと叩く。）皆さん、どうぞこちらへ。時間を無駄にしないように。もうすぐ夜食の準備ができたって、呼びに来ますよ。

シャムラーエフ、マーシャ、ドルンがテーブルにつく。

アルカージナ　（トリゴーリンに）秋の夜長になると、ここではロットーで遊ぶのよ。ごらんなさい、時代もののロットーでしょう。これで亡くなった母も遊んだものです、まだ子供だったわたしたちといっしょに。夜食までちょっと一勝負やりません？（トリゴーリンといっしょにテーブルにつく。）退屈な遊びですけれど、慣れてしまえば、悪くないものよ。（皆にカードを三枚ずつ配る。）

トレープレフ　（雑誌のページをめくりながら）自分の小説はちゃんと読んでいるのに、おれのはページも切っていない。（雑誌を書き物机に置き、それから左手のド

ア に向かう。母の前を通ったとき、彼女の頭に接吻する。）

アルカージナ　あなたもどう、コースチャ？

トレープレフ　ごめん、なんだか気が進まないんだ……。ちょっと歩いてくるよ。

（退場。）

アルカージナ　賭け金は十コペイカ。わたしの分、出しておいて、ドクター。

ドルン　承知しました。

マーシャ　皆さん、出しましたか？　では始めます……。二十二！

アルカージナ　はい。

マーシャ　三！……

ドルン　はい、こちら。

マーシャ　三に置きましたか？　八！　八十一！　十！

シャムラーエフ　そう急ぎなさんな。

アルカージナ　ハリコフでは大歓迎を受けましてね、いまでも頭がくらくらするほど！

マーシャ　三十四！

舞台裏から、メランコリックなワルツが聞こえてくる。

アルカージナ　学生の拍手喝采がすごくて……花の籠が三つ、花輪が二つ、それに、ほら……（胸からブローチをはずして、テーブルに投げ出す。）

シャムラーエフ　なるほど、たいしたものですな……。

マーシャ　五十！

ドルン　五十ちょうど？

アルカージナ　それに衣裳がすごくすてきだったの……少なくとも、着ることにかけては、わたしだって相当なものですからね。

ポリーナ　コースチャがピアノを弾いている。気がふさぐんですよ、かわいそうに。

シャムラーエフ　新聞でひどくけなされていますからな。

マーシャ　七十七！

アルカージナ　気にしなけりゃいいのに。

トリゴーリン　彼はついていないんですよ。いまだに本当の調子がつかめないでいる。なんだか奇妙で、あいまいで、ときにはうわごとみたいな感じのことばかり書いていてね。生きた人物が一人もいない。
マーシャ　十一！
アルカージナ　（ソーリンのほうを振り返って）お兄さん、退屈しているの？

間。

アルカージナ　寝ている。
ドルン　四等文官がお眠りあそばしている。
マーシャ　七！　九十！
トリゴーリン　もしもわたしが湖畔のこんな屋敷に住んでいたら、小説なんか書いていなかったんじゃないかな。そんな情熱は抑えつけて、きっと、釣りばっかりしているでしょう。
マーシャ　二十八！

トリゴーリン　コイやスズキを釣りあげるのは、最高の快楽ですからね。

ドルン　わたしはトレープレフ君の才能を信じていますよ。彼には何かがある！　何かがね！　彼はイメージによって思考する。だから彼の短編は彩り豊かで、鮮やかで、わたしはそれを強烈に感じ取る。ただ残念なのは、彼にははっきりした課題というものがない、ということです。強い印象は与えるのだけれども、それ以上は何もない。しかし、印象だけではたいしたことはできませんからね。アルカージナさん、息子さんが作家になって、嬉しいですか？

アルカージナ　それがね、じつはまだ読んだことがないの。いつもヒマがなくてね。

マーシャ　二十六！

トレープレフがそっと入ってきて、自分の机のほうに行く。

シャムラーエフ　（トリゴーリンに）そういえば、先生に頼まれたものが一つ、こちらに残っていますよ。

トリゴーリン　はて？

シャムラーエフ　いつぞやトレープレフさんがカモメを撃ち落としたとき、先生はそれを剝製《はくせい》にするように頼まれたでしょう？
トリゴーリン　覚えていないなあ。（考えこんで）覚えていない！
マーシャ　六十六！　一！
トレープレフ　（窓を開け放って、聞き耳を立てる。）真っ暗だ！　どうしてこんなに胸が騒ぐんだろう。
アルカージナ　コースチャ、窓を閉めて。風が吹き込むでしょ。

トレープレフは窓を閉める。

マーシャ　八十八！
トリゴーリン　あがりです、皆さん！
アルカージナ　（陽気に）ブラボー！　ブラボー！
シャムラーエフ　お見事！
アルカージナ　この人はいつでも、どこでも、運がいいんですよ。（立ち上がる。）

それじゃ、何か軽くつまみに行きましょうか。有名人の先生は、今日はまだ食事をしていないんですよ。夜食のあと、また続きをやりましょう。（息子に）コースチャ、原稿なんかそこに置いて、食べに行きましょう。

トレープレフ　食べたくないんだ、ママ、お腹はすいてないから。

アルカージナ　お好きなように。（ソーリンを起こす。）お兄さん、夜食ですよ！（シャムラーエフの腕を取る。）ハリコフでどんなに歓迎されたか、お話ししてあげるわ……。

ポリーナ・アンドレーエヴナは卓上のロウソクを消す。それから彼女とドルンが車椅子を押していく。皆、左のドアから退場。舞台には、書き物机に向かうトレープレフが一人だけ残る。

トレープレフ　（執筆しようとしている。すでに書いたものにさっと目を走らせる。）おれは新しい形式のことをさんざん言ってきたけれど、いまじゃ自分が少しずつ古くさい月並みに陥っているのを感じる。（読みあげる。）「塀のポスターが告げていた……。黒い髪に縁どられた青白い顔……」告げていた、縁どられた……へたくそだな。（線を引いて消す。）主人公が雨音で目を覚ましたところから始めて、あとは全部、削ってしまおう。月夜の描写は長たらしくて、凝りすぎだ。トリゴーリンは自分の手法を編み出したから、彼にはお手のものだけれど……。あの男なら、割れたガラス瓶のくびが土手できらめき、水車の車輪が黒い影を投げている——それでもう月夜のいっちょ上がり。ところがおれの場合だと、震える光、星々の静かなまたたき、静かなかぐわしい空気の中で消えてゆくピアノの遠い響き、といった具合だ……。これでは耐えられないね。そう、問題は古い形式とか、新しい形式とかいうことじゃない。形式のことなんかまったく考えないで書くもの、魂から自由にあふれ出てくるからこそ書くもの、それが大事なんだ。そうに違いない。おれにはだんだんわかってきた。

誰かが机の一番そばの窓を叩く。

トレープレフ　いったい何だろう？（窓の外を見る。）何も見えない……。（ガラス戸を開け、庭を覗きこむ。）誰かが階段を駆け下りた。（呼ぶ。）誰だ、そこにいるのは？

退場。

彼が急ぎ足でテラスを歩き回る足音が聞こえる。三十秒ほどして、ニーナ・ザレーチナヤといっしょに戻ってくる。

トレープレフ　ニーナ！　ニーナ！

ニーナは彼の胸に頭をあずけ、抑えながらも泣き声をあげる。

トレープレフ　（感極まって）ニーナ！　ニーナ！　きみなんだ……やっぱり……。予感がしていたんだ、一日中胸がひどく苦しくてね。（彼女の帽子とマントを取る。）ぼくの優しい人、ぼくの大事な人が帰ってきたんだ！　泣くのはやめよう、泣くのは。

ニーナ　ここには誰かいるわね。

トレープレフ　誰もいないよ。
ニーナ　ドアに鍵をかけて。誰か入ってくるから。
トレープレフ　誰も入って来やしないさ。
ニーナ　知ってるの。アルカージナさんがここにいること。ドアに鍵をかけて。
トレープレフ　（右側のドアに鍵をかけ、左側のドアのほうに歩み寄る。）こっちのは鍵がかからないな。椅子でふさいでおこう。（ドアの前に肘掛け椅子を置く。）心配しないで、誰も入って来ないから。
ニーナ　（じっと彼の顔を見つめる。）顔を見させて。（あたりを見回して）暖かくて、いい気持ち……。ここは昔、客間だったわね。わたし、ひどく変わった？
トレープレフ　そうね……。痩せたな。目が大きくなった。ニーナ、なんだか変な気がする、きみを見ているなんて。どうしてぼくを避けていたんだい？　どうして、いままで会いに来なかった？　きみがこちらの町に来てから、一週間にもなるのに……。ぼくは毎日、何度もきみのところに行って、窓辺に乞食みたいに突っ立っていたんだ。

ニーナ　こわかったの、わたしのこと、さぞ憎んでいるだろうと思って。毎晩きまって夢を見るのよ。あなたはわたしを見ているのに、わたしだってわからない、という夢。でも、あなたは何も知らないでしょう！　町に着いてからずっと、わたしはこの辺を歩き回っていたの……湖のまわりを。あなたの家のそばにも何度も来たけれど、中に入る勇気がなかった。座りましょう。

二人は座る。

ニーナ　座ってお話を続けましょう、こんなふうにずっと。ここは気持ちいいわね、暖かくて、居心地がいい……。ほら、風の音が聞こえる？　ツルゲーネフの小説にこんな言葉があったでしょう。「こんな夜に、家の屋根に守られている者、暖かい自分の居場所を持つ者は、幸せである」。わたしはカモメ……。いえ、そうじゃない。（自分の額をこする。）何の話だっけ？　そう、そう……ツルゲーネフね……。「主よ、すべてのさまよえる家なき子たちを助けたまえ」……。だいじょうぶ。（泣き出す。）

トレープレフ　ニーナ、また泣いたりして……。ニーナ！

ニーナ　だいじょうぶ。泣いたほうが楽になるから……。わたしはこの二年間、泣いたことがなかった。でも昨晩遅く、あの舞台がまだ残っているか、見たくなって庭に行ったの。舞台はそのまま残っていた。それで二年ぶりに泣き出してしまった。そうしたら胸がすうっとして、心が晴れたのよ。ほら、わたし、もう泣いてないでしょ。（彼の手を取る。）さてと、こうして、あなたは作家になった……。あなたは作家、わたしは女優……。あなたもわたしも人生の渦に巻き込まれた……。昔むかし、わたしは楽しく、子供らしく、暮らしていました。朝目が覚めると、歌を歌ったものです。あなたに恋をして、名声を夢見ました。それが、いまはどう？　明日の朝早く、エレーツに汽車で行かなきゃならない……むさくるしい男どもと相乗りの三等車両でね。エレーツでは教養をひけらかす商人たちが、お世辞たらたら、まとわりついてくる。人生は甘くないわ。

トレープレフ　どうしてエレーツに？

ニーナ　一冬、出演する契約をしたの。もう行かなくちゃ。

トレープレフ　ニーナ、ぼくはきみを呪った。憎んだ。手紙と写真をずたずたにした。でも、自分の心が永遠にきみに惹きつけられていることを、一瞬も忘れたことはなかった。きみを嫌いになることができないんだ。きみを失い、作家になってからというもの、人生は耐え難いものだった。ぼくは苦しい……。青春が突然もぎ取られたみたいで、この世にもう九十年も生きているような気がする。ぼくはきみの名を呼び、きみが歩いた地面に口づけをする。どこを見ても、目の前にきみの顔が浮かんでくる。人生最良の日々を照らしてくれた、きみの優しいほほえみが……。

ニーナ　（途方に暮れて）この人はどうしてこんなことを言うんだろう、どうしてこんなことを？

トレープレフ　ぼくは孤独だ。誰の愛情にも暖めてもらえない。地下室にいるみたいに寒い。何を書いても、干からびてこちこちのパンみたいな、陰気なものになってしまう。ここに残ってくれ、ニーナ、お願いだから。でなければ、ぼくもいっしょに行かせてくれ！

ニーナはすばやく帽子をかぶり、マントをはおる。

トレープレフ　ニーナ、どうして？　お願いだから、ニーナ……。（彼女が身支度するのを見ている。）

間。

ニーナ　馬車が木戸のところに止めてあるの。送ってくれなくていいわ、一人で行けるから……。（涙声で）お水をちょうだい……。

トレープレフ　（彼女に水を飲ませる。）これからどこに？

ニーナ　町に。

間。

ニーナ　アルカージナさん、こちらにいるんでしょ？

トレープレフ　うん……。木曜日に伯父さんの具合が悪くなったので、電報を打って呼んだんだ。

ニーナ　どうして、わたしの歩いた地面に口づけをした、なんてことを言うの？　わたしなんか、殺されてもしかたないのよ。（テーブルにもたれかかる。）疲れた！　休みたい……休めたらいいのに！　（頭をあげる。）わたしはカモメ……そうじゃない。わたしは女優。そういうこと！　（アルカージナとトリゴーリンの笑い声が聞こえたので、耳をすます。それから左側のドアの前に走っていき、鍵穴を覗く。）あの人もいるんだ……。（トレープレフのところに戻りながら）そういうこと……。どうってことないわ……。そう……。あの人は演劇を信じていなかった。わたしの夢をあざ笑ってばかりいた。それでわたしも信念をなくして、気力もうせてしまったの。それに恋の気苦労とか、嫉妬もあったし、赤ちゃんのことがいつも心配だったし……それで、わたしはこせこせしたつまらない女になって、演技もでたらめになったの。舞台で手をどうすればいいのか、どう立ったらいいのかもわからず、声もきちんと出せなかった。自分がひどい演技をしていると感じているときの気分なんて、あなたにはわからないでしょうね。わたしはカモメ、いや、そうじゃない……。ほら、カモメを撃ち落としたことがあったでしょう。たまたまやってきた男が目にとめて、ヒマつぶしのために、破滅させてしまった……。ちょっとした短編の題材……。いや、そのことじゃなくて……（額をこする。）何の話だったかしら？……そう、舞台の話。いまではわたしはもうそんなじゃなくて……もう、本物の女優よ。演技に喜びを感じ、感激し、舞台で陶酔し、自分がとても美しいと感じる。いまは、こちらに来てからずっと、わたしは歩き回っていて、歩いては考え、考え続け、自分の心の力が日に日に強くなっていくのが感じられるわ……。今ならわかる、わかったのよ、コースチャ、舞台で演技をしようと、小説を書こうと、わたしたちの仕事で肝心なのは、名声とか、栄光とか、わたしが夢見ていたものじゃないの。肝心なのは耐える能力なの。自分の十字架を背負う力がなければいけない、そして信じなければいけない。わたしは信じているから、そんなに辛くはないわ。そして自分の天職を考えると、生きていくこともこわくない。

トレープレフ　（悲しげに）きみは自分の道を見つけ、自分がどこに行こうとしているか知っている。でもぼくはあいかわらず、混沌《こんとん》とした空想とイメージの中を駆け回っていて、それが何のためにか、誰に必要なことかもわからない。ぼくは信じることができないし、自分の天職が何なのかもわからない。

ニーナ　（聞き耳を立てて）しっ……。もう行くわ。さようなら。わたしが大女優になったら、見に来てね。約束してくれる？　でもいまは……。（彼の手を握る。）もう遅いわ。立っているのもやっと。へとへとよ。お腹もすいたし……。

トレープレフ　ちょっと待って、夕食を用意させるから……。

ニーナ　だめ、だめ……。送らないでいいわ、ひとりで行けるから……。馬車はすぐそばなの……。それじゃアルカージナさんがあの人を連れてきたのね？　まあ、どうでもいいけど。トリゴーリンに会っても、何も言わないでね……。わたしが好きなのはあの人なの。以前よりももっと好きになったくらい……。ちょっとした短編の題材ね……。好きなの、燃えるように好きなの、死ぬほど好きなの。昔はよかったわね、コースチャ！　覚えてる？　明るく、暖かく、楽しく、清らかな生活。それに気持ちだって、優しく可憐《かれん》な花みたいだった……。覚えてる？

（朗読する。）「人間、ライオン、ワシ、ライチョウ、角のはえたシカ、ガチョウ、蜘蛛、水の中に棲む物言わぬ魚、ヒトデ、そして目では見ることのできなかったものたち、すなわち、すべての、すべての、すべての命が、悲しい輪廻を終えて、消え去った。地球に一つの生き物もいなくなってから、もう数十万年が過ぎ、この哀れな月は空しく明かりを点す。草原ではもはや、鶴たちが寝覚めの鳴き声をあげることもなく、ボダイジュの林にコガネムシの羽音が聞こえることもない……」（発作的にトレープレフを抱きしめ、ガラス戸から駆け出していく。）

トレープレフ　（間の後で）まずいな、誰かが庭で彼女に出くわして、ママに言ったりしたら。ママは嫌な気分になるんじゃないかな……。

トレープレフは二分の間ずっと黙ったまま、自分の原稿を全部引き裂き、机の下に投げ捨てる。それから鍵のかかっていた右側のドアを開けて、退場。

ドルン　（左側のドアを開けようと苦労しながら）おかしいな。鍵がかかっているみたいだ……。（中に入り、肘掛け椅子を元の場所にもどす。）障害物競走じゃあるまいし。

アルカージナとポリーナ・アンドレーエヴナ登場。続いて、酒瓶を何本か持ったヤーコフ、およびマーシャ、さらにその後からシャムラーエフとトリゴーリンが入ってくる。

アルカージナ　赤ワインとトリゴーリンさんのビールは、こちらのテーブルに。ゲームをしながら飲むんですからね。さあ、席について、皆さん。

ポリーナ　（ヤーコフに）お茶もすぐにお出しして。（ロウソクに火をつけ、トランプ用テーブルに向かって座る。）

シャムラーエフ　（トリゴーリンを戸棚の前に連れて行く。）これが例の品物です、さっきお話しした……（戸棚からカモメの剝製を取り出す。）先生のご注文ですよ。

トリゴーリン　（カモメを眺めながら）覚えていない！（ちょっと考えて）覚えていないなあ！

舞台裏の右手から銃声。

皆びくっと震える。

アルカージナ　（ぎょっとして）何、あれ？

ドルン　なんでもありません。きっと、わたしの薬カバンで何かが破裂したんでしょう。ご心配なく。（右側のドアから退場。三十秒ほどして、戻ってくる。）やっぱりそうでした。エーテルの瓶が破裂したんです。（口ずさむ。）「私はふたたびあなたの前に立ち、魅惑され……」

アルカージナ　（テーブルに向かって腰をおろしながら）ああ、びっくりさせられた。あのときのことをつい思い出して……。（両手で顔を覆う。）目の前が真っ暗になった……。

ドルン　（雑誌のページをめくりながら、トリゴーリンに）二ヶ月ほど前、ここにある論文が載りましてね……アメリカからの手紙というんですが、ちょっとお聞きしたかったんですよ、ちなみに……（トリゴーリンの腰に手をかけ、舞台前方に連れ出す。）……この問題には非常に関心があるものですから……（声を下げ、ひそひそと）アルカージナさんをどこかに連れ出してください。トレープレフ君がですね、その、自殺したんです……。

――幕――

訳注

11（注1） ルーブリはロシアの貨幣単位。当時の1ルーブリが今の日本でどのくらいの価値になるか、簡単には言えないが、感覚的にはおおよそ三千円くらいだろうか。そうだとすると、メドヴェジェンコの給料は六万九千円、アルカージナが持っている七万ルーブリの貯金は二億一千万円相当になる。

16（注2） エレオノーラ・ドゥーゼ（一八五八－一九二四）。イタリア出身の女優。当時世界的な名声を博していた。

21（注3） ハイネの詩によるシューマン作曲の歌曲、「二人の擲弾兵」から。

27（注4） 十九世紀ロシアの劇作家アレクサンドル・スホヴォ゠コブィリンの喜劇。

28（注5） 『ハムレット』の台詞は、シェイクスピアの原典に戻らず、ロシア語から翻訳した。

51（注6） グノーの歌劇『ファウスト』第三幕、ジーベルのアリアより。

65（注7） カモメは日本では普通海の鳥とされるが、この戯曲のカモメは内陸の湖沼に住む種類のカモメ。

72（注8） ゴーゴリの『狂人日記』の主人公。

95（注9） 当時のロシアの身分制度では、町人（メシチャーニン）は都市居住者のうち下層市民全般を指した。裕福な商人は含まれない。

112（注10） 壁に沿って据えつける、通例、背もたれや肘掛けのないクッションつき長椅子。

126（注11） プーシキンの長編詩。ダルゴムィシスキーによってオペラ化。

131（注12） ビンゴに似たゲーム。

訳者解説——かもめはいまでも飛んでいる

日本の様々なかもめたち

演出家の栗山民也さんから、『かもめ』の上演を新たに手がけるので、新訳をやらないか、と言われたのは、二〇〇七年の夏のことだった。じつに意外な申し出だった。というのも、私はそのころチェーホフの小説を少し自分なりに訳してみようかとぼんやり思い始めてはいたものの、演劇の仕事とはほとんど縁がなく、戯曲を訳した経験も、ブロツキーのレーゼドラマのような『大理石』（白水社）を別にすれば、一度もなかったからだ。私はむしろ、正直なところ、「芝居がかった」ことが嫌いなのである。だから頼むほうも大胆だったし、引き受けたほうも大胆だったと思う。しかし、あまり悩みもしないでお引き受けしてしまったのは、新しいことにチャレンジするのが好きだからだろうか。それにチェーホフの戯曲は、いわゆる「芝居がかった」伝統的なものとはだいぶ趣を異にする斬新な演劇美学に基づくもので、おそらく私の性分には合っていたのだろう。

チェーホフの戯曲の代表作というと、『かもめ』『ワーニャ伯父さん』『三人姉妹』『桜の園』を挙げるのが普通で、これはよく「四大戯曲」と呼ばれる。その中で一番早く書かれたのが『かもめ』であり、まだ完全にチェーホフらしい洗練を極めていない部分があるとはいえ、それだけに荒削りな魅力を秘めているといえるだろう。そのためだろうか、日本では四大戯曲の中でも、『かもめ』はことのほか愛されてきた。上演回数も一番多いのではないだろうか。

当然、翻訳の数も多い。出版されず、舞台用の台本のままで終わったものまで含めれば、翻訳の数はおそらく膨大なものだろう。いま手に入る代表的なものだけでも、神西清訳（新潮文庫）、小田島雄志訳（白水社）、堀江新二訳（群像社）、浦雅春訳（岩波文庫）などがある。いまではさすがに日本語がだいぶ古風に響くが、こなれた流麗な訳文で格調が高い神西訳、マイケル・フレインの英訳からの重訳だが、演劇的な生きのよさ抜群の小田島訳、ロシア演劇とチェーホフを知りぬいた専門家による最新の堀江訳・浦訳、といずれも特徴のある優れた訳業である。そういった先人たちの仕事を知りながら、あえて新訳を試みるのはおこがましいのだが、栗山民也さんの要望に応え、現代の空気を呼吸する俳優のための生きのいい台本を目指して、自分なりに挑戦を試みた。その出来栄えについては私自身が云々すべきことではないが、改めて翻訳に取り組んで一言一句吟味していくと、これだけ何度も訳されてきて、もう隅から隅まで読解し尽されているように思えるチェーホフのテキストのあちこちに自分なりの新発見があって、チェーホフがいっそう魅力的に見えてきた。訳者としてはそのことが何よりも嬉しい。

執筆から上演まで

チェーホフが『かもめ』の構想をあたため始めたのは、一八九五年、彼がまだ三十五歳のときだ。この年の十月に彼は出版者のスヴォーリンに、こう書いている。「喜劇、女性の役が三つ、男性の役が六つ、四幕、風景（湖の眺め）、文学をめぐるたくさんの会話、事件は少なく、五プードの恋」。後に完成した戯曲と比べればわかるが、この時点で『かもめ』の基本的な骨格はすでにできていたことがわかる。ちなみにプードとは当時のロシアの重さの単位で、約十六キログラム。「五プードの恋」とは要するにとほうもなく沢山の恋愛を意味する誇張表現である。実際、この戯曲では多くの男女の愛が、いずれも成就しない片思いの連鎖として描かれ、あまりに愛が多いため、逆に中心がない、という奇妙な構造になっている。

初演は一八九六年、ペテルブルグのアレクサンドリンスキー劇場。このときの上演は惨憺たる失敗に終わり、二年後、スタニスラフスキーとネミロヴィチ＝ダンチェンコ率いるモスクワ芸術座の公演が大成功したおかげで、この戯曲は真価が理解され、ロシア演劇史上不朽の地位を得るにいたった——というのは、ロシア演劇史の通説だが、最近の研究によれば二つの上演の成果をあまりにくっきり描き分けるのは、どうも現実には即していないらしい（たとえば堀江新二『演劇のダイナミズム——ロシア史のなかのチェーホフ』東洋書店刊、参照）。初演の際の「大失敗」は、当時人気のあった喜劇女優の出るボードビルの言わば前座として『かもめ』が上演されたため、特に初日はチェーホフの演劇を理解できる客層ではまったくなかったのだが、二日目以降、評判はじつはさほど悪くなかったというのである。

逆に、一八九八年のモスクワ芸術座の上演の際、確かに上演自体は大成功になったのだが、チェーホフの演劇の斬新さがきちんと理解されていたかどうかは疑問である。なにしろそれまでのロシアでは、俳優の名人芸を見せるドラマティックな盛り上がりのあるものが好まれ、高く評価されていたのだが、チェーホフの『かもめ』はそういった常識に真っ向から対立するもので、批評界ではあいも変わらず「出来事」や「舞台向きの趣向」が不足している、といった不満が聞かれた。その一方で、旧ソ連の全三十巻チェーホフ全集の第十二・十三巻に添えられた詳しい注釈を見ると、このころからこの戯曲には「出来事」がないかわりに独特の「気分」があるといった指摘が始まり、チェーホフ演劇の革新的な特徴であるシンボリズムやインプレッショニズムの要素や、リアリズムとは別の次元の「約束事」としての演劇性、さらには関係や事件がうまく結びついていかない「ディスコミュニケーション」といった側面がごく一部の批評家によってとはいえ、次第に着目されるようになっていったことがわかる。

『かもめ』に決定的な成功をもたらしたモスクワ芸術座の初演は、一八九八年十二月十七日。演出はスタニスラフスキーとネミロヴィチ＝ダンチェンコ。配役がいまから考えると、なんとも豪華である。アルカージナ役はオリガ・クニッペル、トレープレフ役が、後にスタニスラフスキーのリアリズム演劇と袂をわかってアヴァンギャルド演劇を切り拓いたメイエルホリド、そしてトリゴーリン役は他ならぬスタニスラフスキー本人、という顔ぶれである。しかし、皮肉なことに、肝心のスタニスラフスキーはチェーホフ演劇の新しさをどこまで理解していたか、疑問である。メイエルホリドは次のような興味深いメモを残している。

「俳優の一人が、『かもめ』では舞台の背後でカエルやトンボが鳴いたり、犬が吠えたりすると言った。

『何のために？』とチェーホフが不満げな声で聞いた。

『リアルにするためです』と俳優が答える。

『リアルねえ』とチェーホフが苦笑して、繰り返す。そしてしばらくの間の後で、こう言った。『舞台というのは芸術です。画家のクラムスコイには、人間の顔が立派に描かれている風俗画がありますね。その顔の一つから描かれた鼻を削り取って、本物の鼻を嵌め込んだらどうなります？　鼻はリアルですが、絵はだいなしでしょう』」

一つ、余談的に注釈を加えると、メイエルホリドは確かに「カエルやトンボが鳴く」と言っているのだが、日本人と違ってロシア人には虫の区別は難しい。おそらくトンボはコオロギの間違いだろう。さて、メイエルホリドはリアリズムを超えた自分

モスクワ芸術座の『かもめ』出演者に囲まれたチェーホフ（中央）。左にスタニスラフスキーとのちにチェーホフの妻となったオリガ・クニッペル、写真右端がメイエルホリド。1899年。Режиссерские экземпляры К.С.Станиславского в 6 томах. т.II.（Москва, Искусство, 1981）より

の「条件演劇」のほうにチェーホフをちょっと引っ張っていこうとしている感じがあるが、スタニスラフスキー流のリアリズムではチェーホフの新しさはつかみ切れなかった（この両者の違いは井上ひさしの戯曲『ロマンス』でもくっきり描かれている）。それはチェーホフの「喜劇」概念の理解をめぐる食い違いとして、後の『桜の園』にまでずっと持ち越されることになる。

『かもめ』は喜劇か？

ここで『かもめ』について議論するとき必ず問題になる「喜劇」というジャンル規定のことに、一言触れておこう。よく知られているように、チェーホフは後期四大戯曲のうち、『かもめ』と『桜の園』を自ら「喜劇」と呼んでいる。また『三人姉妹』は「ドラマ」と銘打たれているが、この作品についてもチェーホフは喜劇と考えていたふしがある。『三人姉妹』の台本の朗読を聞いた俳優たちが感激して泣き出したのを見て、チェーホフは自分の作品が「陽気な喜劇」としてきちんと理解されなかったと考え、いたく不満だったという。

チェーホフ自身による「喜劇」というジャンル規定は、当時から人々を当惑させた。

スタニスラフスキーなどは作者のチェーホフに真っ向から反対して、『桜の園』について「これは、あなたがおっしゃるような喜劇でもファルスでもなく、悲劇です」と書き送ったくらいである。こういった解釈は後々まで影響を与え、日本の新劇界でも「しみじみと悲しいチェーホフ」が主流になったのではないかと思う。普通だったら悲劇にしかならないものを喜劇にできるというところに、チェーホフのすごさがあるということは、なかなか理解されなかったのだと言ってよい。そういえば、モスクワ芸術座の『かもめ』上演の直後に出た新聞記事には、こんな時事風刺詩が載ったという。「ここには舞台の嘘はなく……あるのは人生そのもの／人生の本質を見る真の繊細なまなざしを獲得し／チェーホフは台座が必要な英雄たちではなく／生身の人間たちを描き出した」（一八九八年十二月十九日『毎日ニュース』紙）。この詩は半ば揶揄しながらも、チェーホフの本質を捉えていると言えそうだ。悲劇の主人公となるのは台座に奉られるような人並みはずれたヒーロー、ヒロインたちだが、チェーホフ戯曲の登場人物は皆、自己完結せず、どこか中途半端な「生身の人間」たちである。それをカエルやコオロギの実音とともにリアルに描くと悲しいものになるかもしれないが、チェーホフはそういう人間たちが生きる世界は本質的に喜劇でしかないことをよく知っていた。その世界は現代のわれわれにまでそのままつながってくる。

それにしても、常識的には悲劇と呼んで片付けられるものを、どうしてチェーホフはあえて喜劇だと主張したのか。この「喜劇問題」（と呼ぶことにしよう）については、これまですでに多くの研究者や批評家がいろいろな見解を表明している。そもそも「喜劇」とは古代ギリシャにさかのぼれば、悲劇と区別される演劇上のジャンルであって、その本質は必ずしも面白可笑しいことではなく、むしろ、若くてまだ権力を持たない人々と、社会的な因習を若者たちに押しつける年長の権力者たちの間に繰り広げられる「アゴン」（言い争い）にあるという。確かに、『かもめ』は若いトレープレフ（新世代）と彼の才能を認めないアルカージナ（旧世代）の対立が軸になっているので、そういった古典的な意味で「喜劇」だと言えるのかもしれない。しかし、チェーホフがそういった演劇学的な意味を念頭に置いていたかは、疑問である。私としては、新訳を通じて、『かもめ』には普通に考えて十分可笑しな箇所が多いということだけを言っておきたい。例えば次のようなことがあった。

戯曲を日本語に翻訳する際、自然な台詞を作るために翻訳者として最も注意を払わなければならないのは、あまりに当たり前のことだが、会話をしている二人の人物の関係、そして誰が誰に向かって話しているのか、ということである。日本語は特に対話者の関係に応じて、口語の文体が驚くほど変化するので、関係をきちんと見定めてからでないと、適当な文体を考えることは難しい。

ところが『かもめ』を実際に訳していて、「誰が誰に向かって言っているのか」よくわからなくて、当惑させられる台詞が少なくとも二箇所あった。そのうちの一つは、第三幕でニーナに心を奪われたトリゴーリンと、彼を自分のもとにとどめておきたくて必死になるアルカージナの間で交わされる、かなりドタバタめいた激しいやりとりに現れる。アルカージナに言い負かされたトリゴーリンが、諦めて彼女に従うというところだ（拙訳で引用する）。

トリゴーリン　おれには自分の意志がない。自分の意志なんて、あったためしがないんだ……。ぐずで軟弱で、いつも人の言いなりになる――こんな性格で女に好かれるものだろうか？　さあ、おれを捕まえて、ここから連れ出してくれ。でも、ほんの一歩も手元から離さないように……。

アルカージナ　（ひとりごと。）これで彼はわたしのもの。（けろりと、何事もなかったように）でも、ここに残りたかったら、残ってもいいのよ。

いま引用した箇所のうち、ゴチックで強調した部分は、相手に向かって言っている台詞ではなく、一種の「ひとりごと」である。もちろん芝居で登場人物が内心を声に出して言うモノローグ（独白）という手法は決して珍しいものではなく、リアリズム演劇でさえもそれなしでは済まされない。しかし、この箇所の「ひとりごと」は登場人物が自分に向かって言う言葉というよりは、むしろ観衆に対する問いかけや説明になっているのではないか。特に「これで彼はわたしのもの」というアルカージナの言葉は、観客に向かって「どう、うまくやったでしょ？」とでも言わんばかりの顔をしてぺろりと舌を出すも同然の台詞ではないか。

これはいったい何だろうか？　リアリズム演劇では普通用いられない古い手法であって、ボードビル的、漫才的（？）と呼んでもいいものだろう。私はさらに、初期のチェーホフのユーモア小説にも同様の手法がしばしば現れることを指摘しておきたい。つまり、語りの地の文が展開していく途中で、突然語り手が読者に向き直り、「親愛なる読者よ、いや誓っていいますがね、女というものは……」といった具合に呼びかけるといった類の書き方である。

しかし、私たちはチェーホフを真面目に観ることに慣れてしまっているため、『かもめ』の場合、冒頭で上演されるトレープレフ作による劇中劇も、女優としてのアルカージナの地位も、やはり真面目に、「高級」なものとして評価しがちで、台詞のはしばしに埋め込まれているこういった笑える部分に気づかないで通り過ぎてしまうことが多いのではないだろうか。トレープレフの芝居は実際のところ、幼稚なデカダン趣味・神秘趣味の不出来な（笑ってしまうべき）しろものだと考えていいはずだし、アルカージナは自分の衣装には金を惜しまないくせに、その他のことには異常にケチな喜劇的人物なのだ（少なくとも彼女が大女優であるという保証はどこにもない）。そういった目でチェーホフの芝居を見直すと、それが「喜劇」と呼ばれることがさほど不思議ではなくなってくるのではないだろうか。

フルーツゼリーとボロすけ

今回の新訳の基本方針は、現代の空気を呼吸する日本の俳優たちのためという前提に立ち、不要の装飾や「こなれた」言い換えはできるだけ避け、舞台の上で言われていることを過不足なくすぱっと現代の日本語で伝えるということだった。その際、ロシア語の読みはできるだけ精確に、しかしいったん精確に読み取ったら訳すのは大胆に。笑えるところは笑えるように、原文の変なところは変なままに。そして二つ以上の可能性があったら、迷わず短い言い方をとる、といったことを心がけた。ときに意味を多少犠牲にしてまで「短く」と考えたのは、リズムのよい現代的な台本にしたかったからだが、おそらくチェーホフの精神にもかなったものだろう。というのは、スタニスラフスキーがモスクワ芸術座で『かもめ』を上演したとき、芝居は間をたっぷりとって極度にゆっくり（まるで現実の生活と同じくらいのテンポで）進行したため、チェーホフ本人はそれにいたく不満だったからである。このときアルカージナ役を演じ、後にチェーホフの妻となった女優オリガ・クニッペルの回想によれば、チェーホフは稽古のとき「時計を手にもって舞台の上にあがり、青白く真面目な顔をして断固たる口調で、すべてけっこうですが、『私の戯曲は三幕で終わりにしてください。四幕をやることは許しません』と言った」という。

　具体的な訳語の工夫について、ごく簡単な例を二つだけ、挙げておこう。第二幕で自分の生活を「輝かしく面白い」などとニーナに褒めそやされたトリゴーリンが、

「わたしにとってそういうきれいな言葉は、自分じゃぜったいに食べないフルーツゼリーみたいなものなんだな」というところ。従来の訳では、普通、「マーマレード」となっていた単語を私は、「フルーツゼリー」と訳してみた。ロシア語の原語は「マルメラード」で、確かに語源的にはマーマレードと同じなので、ロシア語の読める翻訳者はほぼ自動的にそう訳してしまうのだが、しかし、実際にはこれはむしろフルーツゼリーやキャンディの類を指す単語であって、「マーマレード」と訳すのは誤訳だと言っていいだろう。些細なこととはいえ、イメージがこれでだいぶ変わってしまう。というのも、これはトリゴーリンの生活について言っているのだが、目の前にいるニーナのぴちぴちした若い美しさに明らかにつながっていて、ひょっとしたらトリゴーリンはいままではそういうものを食べなかったけれども、これから食べるかもしれない（つまりニーナを愛するかもしれない）、といった連想まで誘うからである。

もう一つ、第三幕のアルカージナとトレープレフが言い争う場面で、興奮した親子は互いに罵りあい、息子が母親を「ケチ」と言うと、母親は息子を「ボロすけ」と言い返す。私が「ボロすけ」と訳した原語 оборвыш は、「ボロボロの服を着た人」の意味で、ここはテンポの早い罵りあいなのでぜひとも短い一語で訳したくて、新語めいたものを作ってしまった。ここで見落としてはならないのは、トレープレフがボロを着ているのは実際にアルカージナがケチだからだ、ということである。つまり、息子がボロを着ているのは他ならぬ母親のせいなのに、母親は息子が「ボロを着ている」と罵っているわけで、ひどい母親ではないか。それはずいぶん可笑しな話でもある。

ほんの二つほど細部にこだわってみたが、じつはチェーホフのテキストは、こういう微妙なニュアンスに満ちていて、それをきちんと解読して、少しでもクリアに日本語で浮かび上がらせたいと私は考えたのだった。しかし、わからないことといえば、この戯曲には他にもけっこう謎めいたことが多い。例えば、アルカージナという苗字一つとっても、よくわからない。彼女の実の兄の苗字はソーリンだし、息子はトレープレフである。いったいアルカージナという苗字はどこから来たのだろうか？　寡聞にしてロシアの研究書でも明快な説明を見たことがないが、私の推測では、これは「アルカージヤ」（理想郷）を連想させる芸名であり、高尚というよりは、むしろ田舎の女優くさい、陳腐な感じがするものではないかと思う。

謎と象徴

しかし、戯曲全体にとってもっと大事な「謎」といえば、複雑な人間関係そのものではないだろうか。チェーホフ自身はこの戯曲について「五プードの恋」がある、と言っている。つまり、非常に沢山の恋愛関係が展開するという意味だ。実際、数え出してみると、メドヴェジェンコ→マーシャ、マーシャ→トレープレフ、トレープレフ→ニーナ、ニーナ⇅トリゴーリン⇅アルカージナ、ポリーナ→ドルンといういずれも片思いか、幸福な結婚に結びつかない恋愛関係が少なくとも六組は存在している。しかも、ひょっとしてアルカージナとドルンもかつて恋仲であったかもしれないと考えると、アルカージナ→ドルン←ポリーナの三人が結びつき、すべてがカノンのように一つながりになってしまう！　このようにあまりに沢山の恋があって、どこに中心があるかわからない構造は型破りなもので、チェーホフ自身「フォルテに始まり、ピアニッシモで終わった。演劇芸術のあらゆる法則に反して」と言っていて、ここには明らかに現代的な演劇手法を先取りするものがあった。

斬新だったのは、一つの中心がないということだけではない。多くの登場人物の間で意志の疎通がうまくいっておらず、互いにどこまで相手の気持ちがわかっているのか、観衆にもよくわからないような書き方になっているし、そのうえ、大事な出来事は舞台の上では起こらず、舞台裏で起こったり（典型的なのは結末のトレープレフの自殺）、あるいは説明されない過去のことだったりする。例えば、ドルン医師とポリーナは過去にかなり深い仲になっていたらしいと推測されるが、実際に何があったのかは想像するしかない。ポリーナの娘マーシャがドルンに親しみを感ずるのは、ひょっとしたら彼が本当の父親ではないのか……など、いろいろなことが考えられるだろう。じつは『かもめ』の最初の劇場バージョンには、もともと「二十年間私はあなたの妻、あなたの心の友でした……。私と結婚してください」というポリーナの台詞があったのだが、チェーホフは後に戯曲を雑誌に掲載するとき、それを削除して、その代わりに「間」を入れたのだった。これは典型的なチェーホフ流消去の美学であり、観衆は「間」と沈黙の中に多くの情熱を読み取ることが求められる。

この戯曲の斬新さを示すもう一つの特徴は、「かもめ」のイメージをシンボリックに全編にわたって使っているということだろう。チェーホフの実生活には、実際に銃で自殺未遂をし、かもめを撃ち殺したレヴィタンという画家がいたことが知られているので、このかもめは現実に発想の根拠を持つものだが、戯曲の中では撃ち殺されたかもめが、遊び半分の男にだまされ、破滅の道を歩むことになる若い娘の人生の象徴になっていることは言うまでもない。そしてニーナは「わたしはかもめ」と何度も繰り返すことになるのだ。ロシア語には冠詞がないので、これは「わたしはあの（撃ち落とされた）かもめだ」という意味にも取れるし「わたしは自由な一羽のかもめだ」という意味に取ることも可能だが、物語の展開から判断して、普通の観客は前者の意味で受け止めるのではないだろうか。しかし、最後に興味深い転換が起こる。ニーナは結局、たくましく生きていこうとするのに対して、トレープレフのほうが自分を撃ち殺してしまうのだ。つまり、最後にかもめになるのは、じつは彼のほうなのである。驚くべき逆転がこんな風に舞台の裏でひっそりと起こり、観衆は悲劇のカタストロフを十分に味わえないという不条理な感覚の中に取り残される。なにしろ、チェーホフはこの芝居をあくまでも「喜劇」だと考えていたのだから。こういった不可解な感覚こそは、チェーホフ演劇の世界を開かれた空間にするものだろう。

ちなみに銃という小道具の使い方にもチェーホフらしさがよく出ている。「芝居や小説に銃が出てきたら、それは最後に発砲されなければならない」という趣旨の、いわゆる「チェーホフの銃」という格言があるのだが（村上春樹も『１Ｑ８４』で引用している)、戯曲の結末はまさにこの「チェーホフの銃」を地でいくものだろう。

宇宙から呼びかけるかもめ

創設されたばかりのモスクワ芸術座に大成功をもたらした『かもめ』は、この劇団のシンボルマークになった。いまでもモスクワに行けば、空を飛ぶかもめをあしらった劇団の看板を見ることができる。しかも、劇団名は正式には「チェーホフ記念モスクワ芸術座」である。

それから六十年以上経って、一九六三年にヴォストーク六号に乗って人類史上初めて宇宙に飛び出した女性となったヴァレンチナ・テレシコワは、コールサインが「かもめ」だったため、宇宙から「ヤー・チャイカ」(「私はかもめ」)という声を地球に向けて響かせることになった。言うまでもなく、これは『かもめ』のニーナの台詞そのままである。テレシコワがこのときチェーホフの戯曲を意識していたかは、よくわからない(この辺の事情については、黒川創が長編『かもめの日』(新潮社)で薀蓄を傾けている)。しかし、不思議といえば不思議な偶然の一致である。

現代のロシアでもかもめは群れ飛んでいる。モスクワの劇場では様々な趣向をこらした現代の演出で『かもめ』が上演され続けているが、二〇〇一年にはそこに新種のかもめが加わった。人気推理小説作家ボリス・アクーニンによる推理仕立ての戯曲『かもめ殺人事件』である。『かもめ』の観客の多くは、最後のあっけない結末に、なんとなく違和感を覚えるのではないだろうか。つまりトレープレフが舞台の裏で自殺をするという衝撃的な事件があったにもかかわらず、ドルン医師はその様子を見に行って瞬時に状況を把握し、ほんの三十秒後にはもどってきてアルカージナにショックを与えないようにするための善後策を講ずるのだが、いささかできすぎていて不自然ではないだろうか？　推理作家アクーニンは、この不自然さを手掛かりに、トレープレフはじつは誰かに殺されたのだ、という前提に立ち、なんと八つもの謎解き案を舞台の上で次々に提示するのである。

推理作家のお遊びだろうか？　いや、このような「開かれた解釈」を誘うものが、チェーホフの演劇には確かにあるのだ。この開かれた解釈の空間があるからこそ、現代日本でもかもめは今でも新たな飛翔を見せることができる。

最後に、『かもめ』拙訳の「すばる」掲載にあたっては川崎千恵子さん、文庫化にあたっては金関ふき子さんに大変お世話になりました。改めてお礼を申し上げます。

S 集英社文庫

かもめ

2012年 8 月25日　第 1 刷　　定価はカバーに表示してあります。

著　者　チェーホフ
訳　者　沼野充義《ぬまのみつよし》
発行者　加藤　潤
発行所　株式会社 集英社
東京都千代田区一ツ橋2-5-10　〒101-8050
電話　03-3230-6094（編集）
03-3230-6393（販売）
03-3230-6080（読者係）
印　刷　大日本印刷株式会社
製　本　大日本印刷株式会社

フォーマットデザイン　アリヤマデザインストア　　マークデザイン　居山浩二

ISBN978-4-08-760651-5 C0197